천재 셰프 회귀하다 8

2024년 7월 12일 초판 1쇄 인쇄
2024년 7월 17일 초판 1쇄 발행

지은이 신사
발행인 김관영

기획 박경무 강민구 임동관 조익현 최시준 신정윤
책임편집 백승미
마케팅지원 유형일 장민정

발행처 (주)로크미디어
출판등록 2003년 3월 24일
주소 서울시 마포구 마포대로 45 일진빌딩 6층
Tel (02)3273-5135 Fax (02)3273-5134
홈페이지 rokmedia.com E-mail rokmedia@empas.com

© 신사, 2024

값 9,000원

ISBN 979-11-408-2152-5 (8권)
ISBN 979-11-408-2144-0 04810 (세트)

신사 현대 판타지 장편소설

천재셰프
회귀하다

8

Contents

천사의 쉼터

"개비, 좀 일어나 봐."

"으음."

자신을 흔들어 깨우는 로잘리의 목소리에 눈을 비비며 일어난 개비는 찌뿌둥한 몸을 일으켜 세웠다.

그러고는 잠들어 있는 도진을 바라보며 깨우려다 잠시 멈칫하고는 로잘리에게 시간을 물었다.

"몇 시야?"

"5시 50분."

"이런. 좀 더 자게 둘까 했는데, 깨워야겠네."

도진을 깨우려 손을 뻗는 개비의 모습에 로잘리는 그의 손을 만류하며 말했다.

"아냐, 그냥 좀 더 자게 놔두자. 오늘 오는 사람들 오다가 타이어가 펑크 나서 스페어로 바꾸고 오느라 조금 더 걸린다고 연락이 왔더라."

"그래?"

그녀의 말에 개비는 고개를 끄덕이다 이내 눈썹을 찌푸리며 물었다.

"그럼 나도 그냥 더 재워도 되는 거 아니었어?"

"너랑 저 친구랑 같아?"

로잘리의 말에 한숨을 푹 쉰 개비는 주방 밖으로 발을 옮겼다.

그러자 로잘리가 의아하다는 표정으로 개비에게 물었다.

"어디 가?"

"화장실! 나도 세수는 해야 할 거 아냐."

평소처럼 소리를 빽 하고 지르려다 잠들어 있는 도진이 떠올라 조용히 속삭이며 말하는 개비의 모습에 로잘리는 웃음을 터트렸다.

그런 그녀의 모습을 뒤로한 채 개비는 구시렁대며 화장실로 향했다.

"나도 좀 더 자고 싶었는데, 왜 나만 깨우는 거야?"

말은 이렇게 해도 개비는 로잘리가 왜 자신을 깨웠는지 알고 있었다.

오늘 오기로 한 인원들이 늦는다고 연락이 왔으니, 할 일이 많았기 때문이다.

'어제 재료 손질은 다 해 놓고 잠들었으니까, 우선 미리 해 놓을 수 있는 거 먼저 해야겠지?'

화장실에 도착해 익숙하게 물로 세수를 한 뒤 티셔츠로 얼굴을 닦은 개비는 머릿속으로 무엇을 먼저 해야 할지 순서를 정하며 주방으로 돌아갔다.

바깥에는 이미 해가 밝아 오고 있었다.

빨리 서두르지 않으면 늦을지도 모를 일이었다.

주방의 문을 열고 들어서자 냉장고를 뒤적거리는 로잘리의 뒷모습이 보였다.

개비는 그녀에게 다가가 물었다.

"뭘 그렇게 뒤적거리고 있어? 할 일 많으니까 빨리 꺼내 봐. 일단 병아리콩 불려 놓은 거 꺼내고 감자 손질해 놓은 거 하고……."

냉장고 문 앞에 서 있는 로잘리의 옆에 선 개비는 뒤로 돌아 주방 입구 쪽에 있는 식단표를 확인하며 꺼내야 할 재료들을 나열했다.

하지만 로잘리는 여전히 냉장고 안쪽까지 구석구석 보더니 이내 아무것도 꺼내지 않고 문을 닫았다.

그 모습에 개비는 의아하다는 표정으로 그녀를 바라보며 물었다.

"뭐 해? 안 꺼내?"

    개비의 물음에 로잘리는 얼떨떨한 표정으로 그에게 대답했다.

    "할 게 없는데?"

    "어? 그게 무슨 말이야?"

    로잘리의 대답에 개비는 더욱 의미를 알 수 없다는 표정으로 그녀에게 되물었다.

    "할 게 없다니. 우리 오늘 아침에 할 일 진짜 많은데?"

    "아니, 진짜로. 할 게 없어."

    로잘리는 같은 말을 되풀이하고는 냉장고의 문을 열어 보였다.

    개비는 그녀가 도대체 무슨 말을 하는지 알 수 없다는 표정으로 냉장고를 들여다보았고.

    그 안에는 깔끔하게 랩으로 싸인 음식들이 보였다.

    "후무스랑 감자 샐러드하고, 마카로니, 샐러드드레싱에⋯⋯."

    냉장고 안에는 개비가 미리 준비해 두려고 했던 요리들이 모두 준비되어 있었다.

    두 사람은 서로 눈을 마주보다 이내 같은 곳으로 시선을 옮겼다.

    도진이 잠들어 있는 곳이었다.

해가 밝게 떠오르고, 어느덧 일곱 시가 다 되어 가고 있을 때쯤.

'천사의 쉼터' 주방의 문이 열리며 자원봉사자 네 명이 들어왔다.

"저희가 너무 늦었죠."

"죄송해요. 갑자기 펑크가 나는 바람에……."

보통 여섯 시에 도착하는 그들은 평소보다 한 시간이나 늦은 만큼 허겁지겁 주방으로 들어오며 준비하려고 했다.

일곱 시 반에 오는 또 다른 자원봉사자들이 오기 전까지 최대한 많은 작업을 해야 여덟 시 반에는 급식소를 열 수 있었다.

바깥에는 벌써부터 급식을 기다리는 노숙자들이 삼삼오오 모여들고 있었다.

최대한 빨리 움직여야 그들이 더 기다리는 일이 줄어들 것이었다.

그런데 어쩐지 주방의 분위기는 평화로웠다.

예상했던 것과는 전혀 다른 느낌이었다.

로잘리는 다급히 문을 열며 들어오던 것과는 다르게 얼떨떨하게 서 있는 네 사람을 반겼다.

"왔어요? 타이어는 잘 갈았고요?"

"네, 그럼요. 너무 늦어서 죄송해요. 미리 점검을 했어야
했는데…….."

운전을 맡았던 자원봉사자가 머쓱하게 머리카락을 쓸어
올리며 대답했다.

그는 한 동네에 사는 다른 봉사자들을 데리고 오는 일이
빈번했던지라, 자신 때문에 다른 이들까지 늦었다는 것에서
미안함을 느끼고 있었다.

하지만 로잘리는 그런 그의 어깨를 툭툭 치며 말했다.

"아유, 뭘 그런 소리를 해요. 언제나 도와주러 와 줘서 저
희가 고맙죠. 다들 다친 데는 없고요?"

"물론이죠."

로잘리의 걱정 어린 말에 대답한 자원봉사자는 의아하다
는 듯 그녀에게 물었다.

"그런데 오늘 왜 이렇게 여유로워요? 개비 옆에 있는 저기
저 친구는 누구고요?"

턱 끝으로 도진을 가리키며 묻는 그의 말에 로잘리가 도진
과 함께 있는 개비를 바라보았다.

두 사람은 투덕거리면서도 계속해서 손을 움직이고 있었
다.

"이렇게 하는 거 맞아요?"

"요리만 잘하지, 빵은 전혀 모르나 봐?"

"이쪽으론 제대로 배운 게 아니라 자신이 없네요."

그 말에 개비는 피식 웃으며 도진이 만들고 있는 반죽을 슬쩍 보고는 말했다.

"그런데, 왜 반죽까지 직접 만드는 거예요? 그냥 사는 게 더 편하지 않아요?"

"무료 급식이잖아. 이렇게 직접 만드는 게 단가가 더 싸. 봉사자들이 하는 거라 인건비가 안 들어서. 아무리 봉사단체라고 해도 돈 안 되는 일에 큰 투자를 하지는 않으니까."

어느덧 한껏 가까워진 듯한 두 사람이었다.

로잘리는 자원봉사자들에게 조용히 말했다.

"개비랑 같이 일하는 친구예요. 오늘은 저 친구 덕분에 여유로운 거예요."

"네?"

"그게 무슨?"

그녀의 말에 이해할 수 없다는 듯한 표정을 지은 자원봉사자들은 도진과 개비, 그리고 로잘리를 번갈아 보면서 되물었다.

"저 친구 덕분에 여유롭다는 게 무슨 말이에요?"

"말 그대로예요. 글쎄 새벽에 재료 손질 하면서 미리 만들어 놓을 수 있는 것들은 다 해 둔 거 있죠."

"어머, 정말요?"

"손이 무척 빠른가 보네. 그런데 아무리 그래도 새벽에 재료 손질 다 끝내고, 미리 요리해 둘 정도면 많이 피곤했을 텐데 어떻게 저렇게 쌩쌩하대요?"

"그러게요. 저 개비가 저렇게 쌩쌩한 거 처음 봐요."

최근 그들이 '천사의 쉼터'에 도착할 때쯤 개비는 레스토랑에서 퇴근한 뒤 여기서도 새벽 내도록 재료 손질을 하느라 피곤함에 절어 있는 모습이었다.

그런 상태로 요리까지 도운 그는 언제나 급식소를 열 때쯤이면 사무실 구석에 놓인 소파에서 뻗어 있기 일쑤였다.

그렇기에 쌩쌩한 표정의 개비가 낯설었던 그들은 몇 번이고 개비를 힐끔거렸다.

그 모습에 로잘리는 슬며시 웃었다.

"그거야 개비는 오늘 재료 손질만 끝내고 좀 잤는걸요."

"네? 하지만 아까 미리 해 둘 수 있는 요리는 해 뒀다면서요?"

"설마 저희 안심시키려고 그렇게 말씀하신 거예요?"

로잘리의 말에 자원봉사자들은 허둥지둥하며 자신들의 가방에서 앞치마를 꺼냈다.

그런 모습에 로잘리가 그들을 진정시키며 말했다.

"에이, 제가 그런 걸로 장난칠 리가 없잖아요."

이내 그녀는 손가락으로 도진을 가리키며 말했다.

"저기 저 친구가 개비랑 재료 손질 다 끝내고는 혼자서 이것저것 해 둘 수 있는 건 해 놨더라고요."

"저 친구 혼자서요? 어려 보이는데, 대단하네. 뭐 어떤 거 만들어 둔 거예요? 저희도 빨리 시작해야 할 것 같은데…….”

“꽤 여유로워요. 오늘 해야 하는 것 중에 벌써 반 이상은 한걸요.”

로잘리의 말에 한 자원봉사자는 놀라 눈을 크게 뜨며 그녀에게 물었다.

“벌써요? 그러면 오늘 정말 여유롭겠는데요. 지금 해야 하는 건 뭐예요, 그럼?”

“지금 완성된 건 감자샐러드랑 후무스, 그리고 기본 샐러드에 마카로니 샐러드, 그리고 카레는 완성되어 있고 닭은 염지해 뒀으니 튀기기만 하면 돼요. 밥도 이미 해 뒀고…….”

그녀는 손가락을 하나씩 접어 가며 이미 완료한 일들을 나열하기 시작했고.

손가락이 하나씩 접힐 때마다 자원봉사자들의 얼굴에는 화색이 돌기 시작했다.

“이야, 진짜 오늘은 설거지가 제일 큰일일 것 같은데요. 어떻게 그렇게 많이 해 놨대.”

“그러게. 우리 늦어서 걱정 진짜 많이 했잖아.”

다행이라며 안도하는 자원봉사자들 사이에서 한 사람이 의문스러운 표정으로 슬며시 궁금증을 던졌다.

“얘기하는 거 들어 보니까 이것저것 되게 많이 해 둔 것 같은데 저 친구는 어떻게 저렇게 얼굴에 생기가 넘쳐요?”

“한 시간 정도 자고 일어나서 지금 개비랑 피자 반죽 성형

하고 있는데, 어려서 체력 회복이 빠른가 봐요. 역시 젊은 게 좋다 싶다니까요. 체력이 대단한 것 같아요."

자원봉사자들은 로잘리의 대답에 백번 동의한다는 듯 고개를 끄덕이며 발길을 옮겼다.

"그렇죠. 젊은 게 최고지."

"우리도 얼른 가서 돕자고요. 이러다 오늘 아무것도 안 하고 집에 가겠네."

자원봉사자들은 살가운 얼굴로 도진에게 다가가 인사를 했다.

"안녕하세요! 오늘 많이 도와주셨다면서요. 마감할 때까지 잘 부탁드려요. 저는 개비랑 동갑인 소피아예요."

"저는 서른네 살인 안젤리카고, 여기는 제 남편인……."

그들이 자신을 소개를 하고 있을 무렵 원래라면 일곱 시 반에 오는 자원봉사자들도 일찍 도착해 큰 소리로 인사했다.

"안녕하세요. 저희 왔어요!"

"좋은 아침!"

"오, 뭐야? 오늘 처음 보는 친구 같은데 뉴 페이스?"

새로 도착한 이들도 모두 처음 보는 도진에게 주목했고 시끌벅적한 자기소개를 나누더니 이내 궁금한 것을 참지 못한 누군가의 질문을 시작으로 질문 타임이 시작되었다.

"몇 살이야?"

"개비랑 같이 일한다고? 그럼 어떤 거 만들어?"

"한국에서 온 거라고?"

도진이 대답할 틈도 없을 정도로 빼곡한 질문들에 결국 개비는 참지 못하고 큰 소리로 말했다.

"다들 오늘 일할 생각 없는 거야? 빨리 가서 닭이나 튀겨! 할 생각 없으면 집에 가고!"

한껏 미간을 찌푸린 채 눈썹을 올리고 자신이 짜증이 났다는 것을 표현하는 듯한 개비의 모습에 도진은 놀랐지만.

다른 자원봉사자들은 익숙한 듯 웃으며 대답했다.

"아유, 알겠어. 알겠어."

"으유, 정말, 저렇게 까칠해서 누가 데려가려나 몰라."

그도 모자라서는 깔깔 웃으며 개비의 어깨를 툭 치고 지나가는 소피아의 말은 개비의 화를 더욱 돋우기에는 충분했다.

"개비, 너 그렇게 막 소리 지르고 하니까 아직 연애도 못 해 본 거 아니야?"

"야, 소피아, 너 지금……!"

자신을 쌩하고 지나쳐 가는 소피아의 모습에 할 말을 잃은 개비는 한숨을 푹 내쉬었고.

어느새 시끌벅적해진 주방의 모습을 둘러본 도진은 모두가 각자의 자리를 찾아 일을 시작할 때쯤.

개비에게 슬그머니 다가가 물었다.

"근데 개비, 정말로 연애 한 번도 못 해 봤어요?"

도진의 말에 개비는 억울한 표정으로 소리쳤다.

"야! 너까지 그런!"

개비의 얼굴은 붉게 물들어 있었지만, 그것이 화가 나서인지, 부끄러워서인지는 알 수 없었다.

'천사의 쉼터'는 다른 무료 급식소보다 30분 더 이른 아침 8시 반에 문을 열었고, 그 덕에 문을 엶과 동시에 언제나 많은 인원이 몰렸다.

게다가 다른 급식소에 비해 훨씬 퀄리티도 좋고 맛도 좋아 조금만 늦어도 금세 음식이 동난다는 것은 이미 다른 노숙자들 사이에서도 알음알음 퍼져 있다.

게다가 '천사의 쉼터'에서 운영하는 무료 급식은 노숙자들뿐 아니라, 가난해서 끼니를 자주 거르는 젊은이들도 종종 와서 식사하고 뒷정리를 돕고 가고는 했다.

도진은 문을 열자마자 북적거리기 시작하는 내부를 둘러보았다.

문을 열고 들어서자마자 보이던 기다란 테이블들은 이미 반 정도 차 있는 상태였고, 산더미같이 준비했던 음식들은 어느새 한껏 줄어들어 있었다.

자원봉사자들은 건물 입구의 오른쪽에 있는 주방 입구와 가까운 곳에 기다란 테이블을 두 개 정도 이어 붙인 뒤.

그 위에 열심히 만들어 놓은 음식들을 진열하고는 음식을 하나씩 담당해 식판을 들이미는 이들에게 배식해 주고 있었다.

개비는 일찌감치 더 자겠다며 사무실로 들어간 지 오래였고, 원래라면 도진도 저기 껴서 배식하는 것을 도와주겠다고 했지만.

새벽 내내 도진이 고생한 것을 들은 다른 자원봉사자들은 도진을 극구 말리며 제발 쉬라며 도진을 이곳에 앉혀 둔 것이다.

한참을 멍하니 그들이 배식하는 것을 바라보던 도진이 옆에서 느껴지는 인기척에 고개를 들자, 그곳에는 로잘리가 종이컵을 들고 서 있었다.

"이거 좀 마셔요. 한국 믹스 커피인데, 도진은 익숙하겠죠?"

"오, 여기서 믹스 커피를 마시게 될 줄은 몰랐는데, 웬 거예요?"

"우연히 한번 먹어 보고는 중독됐지 뭐예요."

웃음기 가득한 로잘리의 말에 도진도 따라 웃으며 종이컵을 받았다.

"잘 마실게요."

도진은 따뜻한 컵을 손에 쥐고는 믹스 커피를 한 입 마셨고, 몸 안에 퍼지는 따뜻한 기운에 몸이 녹아내리는 것을 느졌다.

익숙한 맛에 긴장이 풀린 듯했다.

도진은 눈을 감고 조심스럽게 음미하듯 커피 한 모금을 더 마신 뒤.

분주하게 움직이며 배식을 돕고 있는 자원봉사자들을 바라보았다.

그리고 그 반대편에서 식판을 들고 줄을 서서 움직이는 노숙자들을 쭉 훑어보았다.

그들은 옷차림새만큼이나 다양해 보이는 연령대였다.

모두 각자의 사연과 이유 들로 길에서 생활하고 있는 것이 분명했다.

'그때 그 어르신도⋯⋯.'

도진은 그들을 바라보며 일전에 지하철역 앞 벤치에서 마주친 어르신을 떠올렸다.

아버지 나이 대쯤 되어 보이던 어르신은 10년이 넘도록 믿었던 친구의 배신으로 사업이 망하고, 그 한 번의 실패로 인해 모든 것을 잃은 뒤.

길거리로 나앉게 되었다는 그는 오랜 시간 길에서 살았다고 했으며, 하나뿐인 자식이 잘 컸을지 너무나 그립다고 말했다.

왜 돌아가지 않느냐고 물었더니, 아무것도 없는 자신이 아들에게 걸림돌이 될 것 같다는 대답에 도진은 아무 말도 할 수 없었다.

10분 남짓한 짧은 시간 대화를 나눈 것뿐이었지만 그의 말에서는 인성과 품격이 느껴졌다.

오랜 시간 길에서 생활했던 그에게도 가족이 있었고 직업이 있었다.

평범했던 일상도 존재했을 터였다.

분명 저기 밥을 먹고 있는 이들도 마찬가지일 것이었다.

도진은 옆에 앉아 있는 로잘리에게 물었다.

"저분들도 가족이 있겠죠?"

"있는 분들도 있고, 없는 분들도 있어요."

그녀의 말에 도진은 의아한 표정으로 물었다.

"가족이 없는 분들은 그렇다 쳐도, 있는 분들은 왜 이렇게 길에서 떠돌고 있는 건가요?"

"음……"

로잘리는 잠시 머뭇거리더니 곤란한 표정으로 말을 이었다.

"사실 가족이 있어도 그 품으로 다시 돌아가지 못하는 사람이 태반이죠."

한숨을 푹 내쉰 로잘리는 식사하고 있는 노숙자들을 한번씩 둘러보더니, 이내 도진을 바라보며 말을 이었다.

"대부분 무언가로부터 도망친 사람들이에요. 다시 돌아가기에는 용기가 필요하죠."

로잘리의 말에 도진은 잠시 생각에 빠졌다.

도진은 실패한 사람들의 마음을 알고 있었다.

지금껏 일궈 놓은 모든 것들이 순식간에 손안의 한 줌 모래처럼 흩어져 사라져 버린 느낌.

모든 노력이 허사로 돌아가 버린 듯한 허무함.

기대하고 있던 사람들에게 실망을 안겨 줬을 것이라는 불안함.

그런 상황 속에서 자신이 해결할 수 있는 것은 아무것도 없다는 절망감.

모두 도진이 느꼈던 감정들이었다.

전생에서 모든 것을 다 걸었다고 해도 무방할 정도로 많은 준비를 해서 오픈했던 파인다이닝은 가스 폭발 사고로 인해 오픈 전날 허망하게 재가 되어 흩날렸다.

함께 일하기 위해 모였던 직원들은 물론이고 자신에게 투자를 해 줬던 마그레.

그리고 여러 도움을 주었던 다른 동료들.

모두 도진을 걱정했지만, 그 당시 도진에게는 그런 것은 보이지 않았다.

그동안 간절히 꿈꿔 왔던 것이 눈앞에서 한순간에 사라져 버린 그 순간.

그리고 다시는 주방에 서지 못할 것이라는 의사의 선고에 도진은 그야말로 절망 그 자체였다.

이 현실에 절망했고, 다시 시작조차 하지 못하는 자신에게 절망했다.

조금 진정이 되고 난 이후에는 자신을 도와줬던 모든 이들에게 미안하고 부끄러워졌다.

그래서 혼자가 되어 골방에 틀어박혀 있었던 것이다.

모두를 등진 채.

그저 조용히 숨이 끊어지는 날만을 기다리며.

하루, 그리고 또 하루를 보냈다.

그런 도진에게 옆집 아이들은 작은 희망이 되어 주었다.

그 아이들을 보며 도진은 깨달았다.

자신은 사실 두려웠던 것이라고.

더 이상 이 꿈을 이룰 수 없다는 것을 인정하는 것이, 다른 길을 가야 한다는 것이.

그저 모든 것을 새로 시작할 용기가 없었던 것이었다.

도진은 옆집 어린아이들의 따뜻한 마음으로 다시금 세상을 마주할 수 있었다.

저들 중에도 분명 그런 용기가 필요한 이들이 있지 않을까.

그리고…….

여전히 아버지를 찾는 듯한 개비를 떠올렸다.

"개비의 아버지도 도망친 걸까요? 자신이 버린 아들에게 돌아올 용기가 없어서?"

"글쎄요. 그럴지도 모르죠. 하지만 이제 그건 아무 의미 없어요."

"네? 왜요?"

로잘리는 개비가 잠들어 있는 사무실의 문을 잠시 바라보다 이내 도진을 향해 고개를 돌리고 말했다.

"그동안 개비는 정말 많이 노력해 왔어요. 많은 것들을 감내하면서 아버지를 찾아왔죠. 하지만 이제 더는 힘든가 봐요."

"그럼……."

"이제 더 이상 찾지 않아도 된다고 하더군요."

고개를 저으며 말하는 로잘리의 모습에 도진은 아무 말도 할 수 없었다.

'분명 여전히 아버지를 그리워하는 것 같았는데…….'

아버지에 대한 얘기를 하던 개비의 얼굴이 눈앞에 떠올랐다.

알 수 없는 찝찝한 기분에 도진은 로잘리에게 물었다.

"도저히 찾을 수 없을 거라는 생각에 그렇게 말한 건 아닐까요?"

"그럴지도 몰라요. 사실 이제는 벌써 10년도 더 전에 사라지셨으니, 이제는 인상착의도 많이 바뀌셨을 거고……."

로잘리의 얼굴에는 순식간에 근심이 내려앉았다.

"저도 더 이상 어떻게 찾아야 할지 모르겠어요."

그렇게 말한 그녀는 뒷주머니에서 지갑을 꺼내더니, 그 안에서 반으로 접힌 사진을 꺼내 들었다.

쓸쓸한 표정으로 사진을 펼치자, 그 안에는 환하게 웃고 있는 어린아이의 모습이 보였다.

도진은 그녀가 들고 있는 사진을 힐끔 보며 물었다.

"그건, 혹시 개비의 어릴 때 사진인가요?"

"네, 가족사진이에요. 그 애가 처음 왔을 때 입고 있었던 주머니에 들어 있었던 유일하게 남은 가족사진이죠."

로잘리는 손으로 사진을 쓸며 말했다.

"이걸 주면서 아버지를 찾아 달라고 말하는 그 애의 간절하게 떨리는 손을 보면서, 꼭 찾아 주겠다고 생각했는데……
결국 못 찾았네요."

도진은 슬퍼 보이는 로잘리의 모습에 그녀의 어깨를 두드리며 말했다.

"괜찮아요. 당신이 열심히 했다는 건 개비도 알고 있으니까 더 이상 그만 찾아도 된다고 말했을 거예요."

"고마워요. 덕분에 기운이 좀 나네요. 이제 슬슬 개비를 깨워야겠는걸요."

그렇게 말하며 일어나는 로잘리의 모습에 도진은 그녀를 다시 자리에 앉히고 일어나며 말했다.

"제가 깨울게요. 로잘리는 조금 더 쉬고 있어요."

얼떨결에 다시 자리에 앉은 그녀는 잠시 도진을 멍하니 바라보았고.

도진은 그런 그녀의 손에 들린 사진을 가리키며 말했다.

"개비가 더 이상 아버지를 찾지 않는다고 했다면 사진은 이제 그에게 돌려주는 게 나을 것 같은데, 제가 깨우면서 사진도 같이 전달할게요."

"아, 그래 줄래요? 덕분에 한시름 덜었네요. 제가 다시 돌려줄 자신은 없었는데……."

로잘리는 도진의 말에, 손에 들고 있던 사진을 조심스럽게 건네고.

사진을 손에 쥔 도진은 어린 개비의 해맑은 웃음을 보고 작게 미소를 지었다.

개비의 양옆으로 서 있는 부모님의 얼굴에도 미소가 가득했다.

"행복해 보이는 가족이었네요."

"네, 그렇죠. 그래서 개비가 더욱 아버지를 그리워했는지도 몰라요."

이렇게 행복했던 가족이 한순간에 와해될 수밖에 없었다는 것이 안타까웠던 도진은 다시금 사진 속 인물들의 미소를 눈에 담았고.

이내 무언가 이상한 것을 느낄 수 있었다.

"로잘리, 여기 개비의 왼쪽에 서 있는 이분이 개비의 아버지인 거죠?"

갑작스러운 도진의 질문에 로잘리는 의아하다는 듯한 표정을 지으며 대답했다.

"맞아요. 혹시 무슨 문제라도 있나요?"

워낙 심각한 표정을 하며 물어보는 도진의 모습에 한껏 당황한 모습의 그녀였다.

자신의 말에 대답은 하지 않고 한참 동안 사진을 뜯어보는 도진에 로잘리는 뭐 때문에 그러냐며 도진에게 다시금 되물었고.

도진은 그제야 로잘리의 물음에 대답할 수 있었다.

"제가 이분을 본 것 같아요."

"네?"

로잘리는 놀라 눈을 크게 뜨며 물었다.

"어디서 봤는데요? 혹시 언제 봤는지 기억나요?"

그동안 애타게 찾아 헤맬 때는 하나의 단서도 제대로 나오지 않았다.

그런데 이렇게 갑자기 뜻밖의 인물에게서 그동안 그토록 찾아다녔던 이의 정보가 나오다니.

로잘리는 드디어 자신의 기도가 하늘에 닿은 것처럼 감격스러운 표정을 하며 도진에게 몇 번이고 물었다.

도진은 그런 로잘리의 반응에 당황하며 그녀를 진정시켰다.

"일단 잠깐 앉아 봐요, 그리고 심호흡 좀 하고."

자리에 앉은 그녀가 여전히 흥분을 주체하지 못한 표정으로 도진을 바라보고 있었고.

도진은 그런 그녀에게 천천히 심호흡을 시켰다.

"자, 들이마시고…… 내쉬고……."

한참을 씩씩거리며 숨을 가쁘게 몰아쉬던 로잘리는 도진의 말에 따라 천천히 심호흡을 하며 놀란 마음을 진정시켰고.

어느 정도 숨이 고르게 돌아오자 다시금 침착하게 물었다.

"그래서, 어디서 언제 본 건지 기억나요?"

도진은 그녀를 똑바로 바라보며 대답했다.

"정확히 기억나요. 제 지난 휴일 링컨 센터 앞 벤치에서 봤어요."

하지만 이내 자신 없는 목소리로 말을 이었다.

"그런데 닮긴 한 것 같은데, 그분이 이분이 맞는지는 잘 모르겠어요."

그러나 로잘리는 전혀 개의치 않는 듯한 표정이었다.

그녀에게 도진의 말은 지난 몇 년간 찾아 헤맨 개비의 아버지를 찾을 수 있는 마지막이자 유일한 동아줄이나 마찬가지였기 때문이다.

마지막 동아줄

도진은 간절한 눈으로 자신을 바라보는 로잘리를 잠시 바라보며 머뭇거리다가, 그날을 떠올렸다.

'르 베르나르댕'에서 일하고 얼마 되지 않아 맞이한 첫 번째 휴일.

루카스의 성화에 못 이겨 밖으로 나갔던 날.

여기저기 자신을 이끄는 그를 따라다니다 결국 지쳐 버린 탓에 벤치에 앉아 쉬던 그때.

바로 옆 벤치에 앉아 자신을 힐끔거리더니 먼저 말을 걸던 그 사람.

개비와 같은 푸른 눈을 가진 짙은 갈색 머리를 한 덥수룩한 수염을 가진 남자.

도진은 그때를 떠올리며 천천히 입을 열었다.

"링컨 센터 앞 벤치에서 봤어요. 벤치에 앉아서 쉬는데, 나란히 있던 바로 옆 벤치에 앉아서 한참을 힐끔거리다가 말을 걸더라고요."

"뭐라고요?"

"몇 살이냐고 물었어요. 제가 어려 보였는지 나이를 듣고 깜짝 놀라던걸요."

어린 시절 떠나보낸 아들이 생각나 물어봤다던 그는 도진의 나이를 듣고는 깜짝 놀라며 웃었다.

그는 덥수룩한 수염에 관리하지 않고 그저 기른 듯한 긴 머리를 최대한 단정하게 보이려는 듯 하나로 묶은 모양새였다.

차림새도 마찬가지였다.

세월의 흔적이 묻어나듯 곳곳이 해진 정장이었지만 최대한 깔끔하게 관리하기 위해 노력한 듯했다.

얼핏 보면 그가 노숙자라는 사실을 모를 수도 있을 정도였다.

하지만 도진이 그가 노숙자라는 사실을 알 수 있었던 것은 다름 아닌 신발 때문이었다.

그는 해진 정장과는 전혀 어울리지 않는 새 운동화를 신고 있었다.

마치 신발이 그거 하나뿐인 것처럼.

"그는 다른 노숙자들처럼 구걸을 해서 하루를 버티지도, 그렇다고 하염없이 생이 끝나길 바라고 있는 것 같지도 않는 것 같았어요."

"그럼요? 아무리 그래도, 살기 위해서는 돈이 필요할 텐데."

"일용직으로 근근이 일하면서, 버틴다고 하시더라고요. 할 수 있는 일은 모두 해 봤다고. 그런데 사실 아무리 일용직으로 일해서 돈을 번다고 하더라도 집을 구하거나 할 수는 없으니까요."

"그렇죠."

로잘리는 도진의 말에 생각이 많아진 듯했다.

과연 그가 개비의 아버지가 맞을지 쉬이 확신할 수 없었기 때문이다.

잠시 고민하던 그녀는 이해할 수 없다는 듯 도진에게 물었다.

"그런데, 왜 링컨 센터에 있었을까요? 거기는 개비가 예전에 살던 집과는 거리가 조금 있는데…….

"저도 왜 그분이 왜 거기 있었는지 궁금해서 물어봤어요. 거기는 구걸을 하기도, 일을 구하기도 마땅치 않은 곳이잖아요."

도진은 잠시 커피로 목을 축이고 다시금 입을 열었다.

"거기가 가족들이랑, 아들이랑 헤어지기 전에 마지막으로 함께 웃으면서 왔던 곳이라고 하더라고요."

도진은 과거의 추억을 떠올리듯 행복한 미소를 지으며 말하던 그의 모습을 떠올렸다.

하루아침에 사업이 망하고 아내가 집을 나간 뒤.

가지고 있던 집과 재산을 모두 팔아 간신히 급한 빚은 모두 갚았지만, 결국 길바닥에 나앉게 될 수밖에 없었다며 말하던 그의 얼굴은 순식간에 낯빛이 흐려졌다.

"자기 혼자 길거리에서 지내는 것은 상관없지만, 어린 아들까지 그렇게 길에서 생활하게 한다는 것이 정말 미안했다고 하더라고요. 그래서 미아 신고를 하고 경찰이 오기를 한참 동안 멀리서 지켜봤다고……."

한참을 떠듬거리며 그날의 일들을 얘기하는 도진의 말에 로잘리는 순간 눈을 빛냈다.

"미아 신고! 개비도 미아 신고를 통해서 들어왔어요. 조회해 보니 부모님은 이혼했는데 엄마 쪽은 양육권을 포기한 상태였고, 아버지는 행적을 찾을 수 없었죠. 부양할 가족이 없다는 것을 확인하고 결국 저희가 맡게 되었는데……. 혹시 아이를 두고 경찰이 오기를 기다렸다는 그곳이 어디인지도 말했나요?"

로잘리는 개비가 위탁 가정에 맡겨지게 된 경위를 떠올리고는 도진을 바라보며 절박한 표정으로 물었다.

그에 도진도 덩달아 긴장한 채로 대답했다.

"타임스퀘어. 그 빨간 계단 위에요."

로잘리는 도진의 말에 환호성을 내지르려다 급히 입을 막았다.

그녀의 반응에 도진은 설마 하는 표정으로 물었다.

"혹시 개비가 발견된 곳도 거기인가요?"

"맞아요."

로잘리는 짐짓 진지한 표정을 지으며 도진에게 말했다.

"일단, 이건 우리끼리만 알고 있는 걸로 해요."

지난 몇 년 동안, 몇 번의 시도 끝에 개비의 아버지와 닮은 이를 찾았던 적도 있었지만, 결국 그의 아버지는 아니었다.

그 몇 번 차례의 만남 동안, 로잘리는 번번이 기대하고 실망하는 개비의 모습을 지켜봐 왔다.

그렇기에 이번에는 섣부른 확신으로 이미 아버지를 찾는 것을 그만두겠다며 말한 개비에게 또 한 번의 큰 실망을 안기고 싶지 않았다.

하지만 그런 그녀의 눈에서는 실낱같은 희망이 반짝거리고 있었다.

로잘리는 도진에게 좀 더 정확하게 확인하기 위해 예전 자료를 확인해 볼 필요가 있을 것 같다며 사무실에 가 봐야겠다고 말했다.

　도진은 다급한 그녀의 발길을 붙잡았다.

　"혹시 개비가 그곳에서 발견된 게 맞으면 어떻게 되는 건 가요?"

　"일단 확인 절차가 필요하겠죠. 자료가 확인되면 저는 바로 도진이 말한 곳에 개비의 아버지가 있는지 찾아보러 갈 거예요."

　로잘리의 대답에 도진이 잠시 고민하다 물었다.

　"혹시 저도 같이 가도 되나요?"

　그녀는 도진의 물음에 놀란 듯 눈을 크게 끔뻑거리다가 대답했다.

　"괜찮겠어요? 오늘 잠도 얼마 못 자서 피곤할 텐데, 들어가서 쉬어야 하지 않을까요?"

　도진은 고개를 저었다.

　"괜찮아요. 직접 봤던 제가 가는 게 더 알아보기 쉬울 테니, 저도 같이 가요."

　도진의 말에 잠시 머뭇거리던 로잘리는 좋은 생각이 떠오른 듯 도진에게 말했다.

　"B12호실에서 기다려요! 거기는 제일 안쪽 방이라 사람들이 잘 오지 않을 거예요. 30분 정도 뒤에 봐요!"

　'천사의 쉼터'는 점심쯤이면 문을 닫았다.

　주방 바로 옆의 간이 사무실이 아닌 안쪽 사무실에는 봉사

단체의 사무 직원들이 머물며 업무를 처리하는 공간도 있었기에, 무료 급식 시간을 제외하고는 언제나 문을 닫고 있는 것이 일반적이었다.

하지만 오전에 무료 급식의 배식을 마치고, 뒷정리까지 마친 뒤에는 봉사자들이 자율적으로 내부에 개방된 공간에 이용 신청을 해 간간이 모임을 가지기도 했다.

로잘리는 도진에게 개방된 채 예약이 없는 호실을 말했다.

그러고는 잠시 뒤 그곳에서 보자며 말하고는 자료를 좀 더 확인해 보고 오겠다며 안쪽의 사무실로 향했다.

도진은 다급히 발길을 옮기는 그녀의 뒷모습을 바라보다 이내, 다시 넓은 강당을 바라보았다.

어느덧 테이블을 가득 메우고 있던 사람들은 식사를 끝마친 뒤 다들 자리를 떠난 뒤였다.

시계는 어느덧 열한 시 반을 가리키고 있었다.

'이쯤이면 보통 식사가 다 끝나고 마무리할 즈음이라고 했지.'

도진이 슬슬 일어나 주방으로 가 뒷정리를 도와야겠다고 생각할 때쯤.

그가 앉아 있는 바로 옆의 문이 '끼익' 하는 소리를 내며 열렸다.

개비였다.

개비는 자신이 잠든 사이 문 하나를 사이에 두고 로잘리와 도진이 무슨 대화를 나눴는지는 전혀 짐작도 하지 못한 채 하품을 하며 도진에게 물었다.

"뭐야, 너 아직도 거기 있었냐?"

"네, 잘 잤어요?"

"나야, 뭐. 근데 너 그럼 계속 거기 앉아 있었던 거야? 한숨도 안 자고?"

"어쩌다 보니 그렇게 되었네요."

머쓱하게 웃으며 말하는 도진의 모습에 개비가 한숨을 푹 쉬며 말했다.

"으휴, 미련하긴. 너 이제 집에 가라. 일찍 들어가서 좀 자."

생각지도 못한 개비의 호의가 섞인 말에 도진은 조금 놀라 눈을 크게 뜨며 그를 바라보았다.

어차피 자신은 로잘리를 기다려야 했기에, 집으로 향할 수는 없었다.

로잘리는 30분 뒤에 보자며 떠났으니, 12시까지 그녀가 말한 호실로 가기만 하면 될 터였다.

이내 결심이 선 도진은 고개를 저으며 개비에게 대답했다.

"괜찮아요, 마무리하는 거, 조금만 더 돕고 더 이상 체력이 안 되겠다 싶으면 먼저 갈게요."

도진의 말에 개비는 '안 그래도 되는데…….'라며 말끝을 흐렸지만, 도진은 이미 자리에서 일어나 주방으로 향하고 있었다.

주방에는 설거짓거리들이 잔뜩 쌓여 있었다.

식판은 사용한 사람이 한번 애벌로 설거지를 했지만, 그것만으로는 충분하지 않아 주방으로 들어와 한 번 더 씻어야만 했다.

그 외에도 배식이 끝나자 음식을 담았던 대용량의 트레이라든가, 국자, 큰 스푼 등이 우르르 쏟아져 나왔다.

틈틈이 정리하며 설거지를 하지 않았다면 더욱 많은 설거짓거리가 쌓였을 터였다.

도진은 잠시 주방을 둘러보았다.

'설거지랑 뒷정리 다 하고 나서, 바닥이랑 후드, 그리고 상판도 한 번씩 닦아야겠군.'

힐끗거리며 주방 내부의 상태를 체크한 도진은 이내 고무장갑을 낀 채 설거지를 하는 소피아의 곁으로 다가갔다.

"저도 도울게요."

한껏 집중한 소피아는 갑작스럽게 들려온 목소리에 깜짝 놀랐지만, 이내 도진임을 확인하고는 안도의 한숨을 내쉬었다.

"뭐 그렇게 조용히 다가와요? 깜짝 놀랐네."

도진은 머쓱하게 웃었고, 소피아는 그런 도진에게 고무장
갑을 주며 물었다.

"개비랑 같이 새벽에 나왔다면서요. 아까 보니까 개비는
자러 들어가던데, 도진은 안 잤죠? 피곤하지 않아요?"

"보고 있었어요?"

"그럼요. 로잘리랑 무슨 할 얘기가 그렇게 많아요? 한참
얘기하는 것 같던데……."

도진은 힐끔 주방을 둘러보더니 이내 주방에 소피아와 자
신밖에 없다는 것을 확인하고는, 조심스럽게 입을 열었다.

"개비에 대해서 얘기했어요."

"무슨 얘기요?"

소피아가 궁금하다는 듯 물었지만 도진은 더 이상 어떻게
말해야 할지 알 수 없어 침묵을 지켰다.

그러자 소피아가 알 만하다는 듯 도진을 바라보며 말했다.

"표정을 보아하니 알 것 같네요. 개비의 개인사인 거죠?
아버지에 관한?"

"네. 어떻게 알았어요?"

도진의 놀란 표정에 소피아가 웃음을 터트리며 말했다.

"여기서 일하는 사람들 중에 개비가 아버지를 찾고 있다는
걸 모르는 사람은 없어요. 물론 이제 더 이상 찾지 않기로 했
다는 걸 아는 사람은 몇 없지만……."

"그런 얘기까지 알고 있는 거 보면, 꽤나 친하신가 봐요."

도진의 물음에 소피아가 멋쩍게 미소를 지었다.

"오래 알고 지냈으니까요. 여기 있는 사람들 모두 개비가 행복해지길 바라고 있어요. 물론 나도 그렇고요."

소피아는 부지런히 그릇을 닦으며 말을 이었다.

"다른 사람들은 모르겠지만, 개비가 저한테 더 이상 아버지를 찾을 생각이 없다고 했을 때는 사실 걱정했어요. 그 애한테는 그게 정말 큰 목표였을 텐데, 한순간에 그렇게 놔 버린 뒤로는 술도 진탕 마시고 취한 모습을 자주 보였거든요."

도진은 잠자코 그녀의 말을 들으며 스테판의 걱정에 대한 이유를 깨달았다.

'갑작스럽게 목표를 잃고, 길을 잃은 건가.'

생각에 잠긴 도진이 심각한 표정을 하고 있자 소피아가 물었다.

"갑자기 표정이 왜 그렇게 심각해요? 개비가 걱정돼서?"

"아, 네. 뭐, 그렇죠."

소피아의 말에 정신을 차린 도진은 당황하며 그녀의 말에 대답했다.

그녀는 도진의 반응에 웃으며 입을 열었다.

"그래도 나는 도진이 개비랑 친한 것 같아서 다행이라고 생각해요. 원체 사람이랑 잘 친해지지 못하는 애인데, 그래도 친해진 사람이 있다는 건, 앞으로 나아갈 생각이 있다는 뜻이니까요."

소피아는 도진을 바라보며 웃었다.

"앞으로도 잘 부탁해요."

그녀는 고무장갑을 낀 손을 내밀었고, 도진은 얼결에 고무장갑을 낀 채 그녀와 악수를 나눴다.

그리고 방금 주방에 들어온 개비는 그 모습을 보며 두 사람에게 물었다.

"너네 뭐 하냐?"

주방에 들어온 개비는 고무장갑을 낀 채 악수를 하고 있는 도진과 소피아를 한심하게 바라보며 물었다.

"누가 애들 아니랄까 봐, 일하다 말고 뭐 하는 거야?"

혀를 끌끌 차는 개비의 모습에 언제 그를 걱정했냐는 듯 소피아는 열을 내며 말했다.

"어휴, 저 싸가지 진짜. 네가 그러니까 연애를 못 하는 거 아니야!"

"야! 너 자꾸 그렇게 내 연애를 걸고넘어지는데! 그러는 너는!"

소피아의 도발에 완전히 넘어간 개비는 씩씩거리며 소피아에게 되물었다.

"너는 그러면 제대로 연애해 본 적 있어?"

열이 받은 건지, 부끄러운 건지.

얼굴이 새빨갛게 익은 채 말하는 개비의 모습에 소피아가 피식 웃음을 터트리며 대답했다.

"당연하지."

그에 개비는 믿을 수 없는 말을 들은 사람처럼 망연자실한 표정을 지었다.

"말도 안 돼……."

그 광경을 옆에서 지켜보던 도진은 마치 하나의 꽁트를 보는 기분이 되었다.

'어쨌든 두 사람이 친하다는 건 확실한 것 같네. 어쩌면 그냥 친하기만 한 건 아닐 수도 있고.'

소피아는 멀뚱하게 서 있는 개비에게 소리쳤다.

"그렇게 가만히 서 있기만 할 거면 왜 들어온 거야? 너도 빨리 와서 일해!"

그 말에 정신을 차린 개비가 '아차' 하며 도진을 바라보며 말했다.

"로잘리가 너를 찾던데……."

말끝을 흐린 개비는 못마땅한 표정으로 말을 이었다.

"너네, 나 자는 사이에 혹시 무슨 얘기라도 했냐?"

갑작스러운 개비의 날카로운 질문에 짐짓 놀란 도진은 모르는 척하며 그의 말에 대답했다.

"글쎄요. 잘 모르겠는데요?"

"흐음. 그래?"

도진의 대답이 미심쩍은 듯 눈을 흘기던 개비는 이내 말을 덧붙였다.

"혹시 모르니까 말해 주는 건데, 만약에 로잘리가 무슨 서류를 주면서 좋은 거니까 사인하라고 그러면 절대 하지 마. 알겠어?"

심각한 표정을 하며 말하는 개비의 모습에 도진은 도대체 무슨 영문인지 알 수 없어 어리둥절한 표정을 짓자 개비가 닦달하듯 말했다.

"야. 알겠냐니까? 대답!"

그 모습에 소피아가 웃음을 터트리며 말했다.

"진짜 웃기네. 도진이 너처럼 제대로 읽어 보지도 않고 기부금 내라는 동의서에 사인할까 봐 그러는 거야?"

"야! 넌 그걸 왜 말해!"

"내가 봤을 때, 개비 너보다 도진이 훨씬 더 야무지니까 그렇게 읽어 보지도 않고 사인할 일은 없을 거야!"

두 사람의 대화를 듣고 어찌 된 영문인지 알게 된 도진은 그제야 미소를 지을 수 있었다.

'혹시 안에서 우리가 말한 걸 들었나 했네.'

개비의 의심스러운 눈초리에 혹시나 로잘리와 얘기했던 내용을 듣기라도 한 것인가 걱정했지만.

다행히 그런 게 아니었다는 것을 알게 된 도진은 안심하고 개비의 말에 대답했다.

"걱정하지 마세요. 로잘리가 뭘 내밀든지 잘 읽어 볼 테니까요."

도진의 말에 소피아는 한 번 더 웃음을 터트렸고, 개비는 부끄러운 듯 다시금 얼굴을 붉게 물들이며 외쳤다.

"야! 너 빨리 가!"

그 말에 도진은 고무장갑을 벗으며 대답했다.

"네, 네, 알겠어요. 걱정해 줘서 고마워요."

도진은 여유로운 발걸음으로 주방을 나섰고, 그 모습에 개비는 그가 나간 문을 바라보며 씩씩거릴 뿐이었다.

⚜

도진은 주방을 나서며 뒤를 힐끔 바라보곤 웃었다.

씩씩거리는 개비의 모습이 그저 귀엽게 느껴졌기 때문이다.

'몸만 컸지, 여전히 애나 마찬가지군.'

그런 개비를 뒤로한 채 도진은 로잘리가 기다리고 있을 곳으로 향했다.

로잘리와 대화를 나눴던 작은 사무실을 지나 쭉 가자 이내 막다른 길이 나왔고, 왼쪽에는 큰 사무실이, 오른쪽에는 긴 복도가 보였다.

복도를 쭉 따라 걷던 도진은 이내 제일 안쪽에 'B12'라고 적혀 있는 푯말을 발견했다.

주방을 나오며 확인한 시계는 12시 10분을 가리키고 있었다.

로잘리가 오래 기다리고 있었을지도 모른다는 생각에 도진은 황급히 발걸음을 옮겼고.

이내 문을 열고 들어서자 로잘리가 테이블에 앉아 서류를 뒤적이며 도진을 반겼다.

"왔어요?"

"제가 너무 늦었죠? 소피아가 안에서 혼자 설거지하고 있길래 도와주느라 좀 늦었어요."

도진의 말에 로잘리가 고개를 저으며 말했다.

"아니에요. 나도 방금 왔어요. 그보다 이것 좀 봐요."

로잘리는 도진을 가까이 오라고 손짓으로 부르며 종이를 하나 내밀었다.

도진은 그 모습에 아까 전, 걱정 아닌 걱정을 하던 개비의 모습이 떠올라 웃음을 터트렸다.

그 사실을 알 리 없는 로잘리는 갑작스럽게 웃음을 터트리는 도진의 모습에 고개를 갸웃하며 궁금하다는 듯 물었다.

"뭐야, 왜 웃는 거예요? 나도 좀 같이 웃어요."

"로잘리 혹시, 전에 개비한테 서류 내밀면서 사인하라고 한 적 있어요?"

도진의 물음에 로잘리가 멋쩍게 웃었다.

"그걸 또 그사이에 말했어요?"

"방금 로잘리가 종이를 내미는데 개비가 한 말이 떠올라서 웃음이 터졌어요."

"개비가 '르 베르나르댕'에서 일하고 난 뒤에, 처음으로 월급을 받았다고 어찌나 자랑하던지. 좋은 일 좀 하라고 그랬죠."

'크흠.' 소리를 내며 목을 가다듬은 로잘리가 말을 덧붙였다.

"그렇게 말하면서 그 녀석, 그 이후로도 꼬박꼬박 기부금 내고 있어요."

머쓱함을 숨기려 머리를 쓸어 넘기는 로잘리의 모습에 도진이 웃음기를 참으며 그녀가 내민 서류를 바라보며 물었다.

"그래서, 이 서류가 뭔데요?"

얼핏 본 서류에는 개비의 인적 사항이 적혀 있었다.

키와 몸무게가 작게 적혀 있는 것으로 보아서는 옛날에 작성한 자료인 것 같았다.

로잘리는 서류를 천천히 훑어보는 도진의 모습을 바라보며 설명을 이었다.

"예전에 같이 일했던 친구한테 팩스로 받은 서류예요. 이전에 개비가 처음 위탁 가정에 가기 전 작성했던 서류죠. 거기 보여요?"

그녀는 손가락으로 서류 중간쯤 가리키며 말했다.

"여기 보면, 타임스퀘어 빨간 계단에서 발견되었다고 적힌 거 보이죠?"

"로잘리의 기억이 맞았네요."

서로를 마주 본 두 사람은 약속이라도 한 듯 미소를 지었다.

그리고 자리에서 벌떡 일어선 로잘리는 서류를 한데 모아 챙기더니 말했다.

"그럼, 가 볼까요?"

그녀의 눈에서는 의지가 불타는 것만 같았다.

"밖에서 잠시만 기다려요. 짐 챙겨서 나올게요."

빠르게 사무실에 외근을 나갔다 온다고 말한 로잘리는 짐을 챙겨 나왔고.

이내 밖에서 기다리는 도진을 향해 성큼성큼 걸어오다 혹여 누가 볼세라 몸을 숙이며 도진을 주차장으로 이끌었다.

"여기서부터는 제 차를 타고 가죠."

도진은 그녀의 손에 이끌려 조수석에 앉았다.

로잘리는 도진이 안전벨트를 매는 것을 확인하자마자 시동을 켰고, 거침이 없었다.

도진은 그녀의 호쾌한 운전에 낮게 감탄하며 창문 위에 달린 손잡이를 조심스레 잡으며 물었다.

"지금 링컨 센터로 가는 거죠?"

천재셰프
회귀하다

"맞아요. 우선 거기부터 한번 둘러보는 걸로 하죠."

"여전히 거기 계시면 참 좋을 텐데요."

막상 출발하게 되니 도진은 조금씩 걱정이 되기 시작했다.

만약 그 자리에 그가 없다면 어떡해야 할지, 또 어디서 그를 찾아야 할지 알 수 없었다.

로잘리는 도진의 그런 부담을 눈치채기라도 한 듯 입을 열었다.

"거기서 한번 뵀다고 했으니, 너무 걱정하지 말아요. 지난 주 월요일이었으면 이번 주 월요일에도 그 자리에 있을 가능성이 크죠."

로잘리는 탐정 흉내를 내며 우스꽝스럽게 말했고, 그런 그녀 덕분에 도진의 마음은 조금 편해졌다.

도진은 이 잠깐의 시간에도 혹시나 자신이 본 사람이 개비의 아버지가 아니라면, 아니면 다시는 그곳에서 그를 찾을 수 없다면, 하는 불안감에 휩싸였다.

그러나 로잘리는 이런 적이 한두 번이 아니었을 터였다.

개비의 아버지를 수소문하면서 번번이 아니었다는 사실에 가장 상처받은 것은 개비였을지 몰라도, 그 과정을 모두 옆에서 도우며 지켜봐 왔던 로잘리 또한 마음고생을 많이 했을 터였다.

도진은 흥얼거리며 운전하는 로잘리를 바라보았다.

얼핏 보면 유쾌한 듯 보이는 그녀였지만, 핸들을 잡은 손은 잘게 떨리고 있었다.

　링컨 센터.

　뉴욕 맨해튼의 웨스트사이드에 위치한 종합 공연 센터로 오케스트라, 음악, 뮤지컬, 연극을 한 곳에서 관람할 수 있는 곳이었다.

　세계 최고라고 할 수 있는 3개의 메인 빌딩 외 실내 공연 장을 갖추고 있으며 뉴욕의 필하모닉 오케스트라, 메트로 폴 리탄 오페라, 뉴욕 시립 발레단, 그리고 줄리어드 음대까지.

　로잘리는 차를 타고 오며 링컨 센터에 상주하고 있는 단체 모두 세계 최고의 수준이라며 설명했다.

　그리고 이내 링컨 센터에 주차를 완료한 그녀는 한마디를 덧붙였다.

　"이곳은 뉴욕에서 밤을 보내기 가장 좋은 장소이기도 하 죠."

　예술이 흘러넘치는 공간답게 밤에는 종종 여러 행사가 열 리며 입장료가 없는 경우가 많아 다양한 사람들이 모이는 곳 이라며 설명한 로잘리는 차에서 내렸다.

　주차장에는 빼곡하게 차가 들어서 있었다.

　로잘리는 차에서 내리자마자 도진을 바라보며 말했다.

"자, 여기서부터는 도진이 앞장서도록 해요."

그녀의 말에 도진은 어깨에 잔뜩 힘이 들어가는 것을 느꼈다.

'혹시라도…….'

만약 저번에 그 벤치를 찾아갔는데, 그 자리에 없으면 어떡하나 하는 생각이 또다시 도진의 머릿속에 스쳤다.

하지만 자신을 바라보며 미소를 짓고 있는 로잘리의 모습에 이내 마음을 굳게 먹고 발길을 옮기기 시작했다.

'만약 자리에 없더라도, 또 이곳에 돌아올 게 분명해.'

지난번 대화에서 그가 종종 링컨 센터를 찾는다는 것을 알았다.

아들과의 추억에 젖어 들어갈 때는 물론이고, 무료 공연이 있는 날에는 분명 빠지지 않고 온다고 말했었다.

오늘은 그를 지난주 그를 봤던 요일과 같은 월요일이었고, 로잘리의 차를 타고 오는 와중에 찾아본 바로는 오늘 무료 오케스트라 공연이 있는 날이었다.

도진은 지난 휴일의 기억을 떠올리기 시작했다.

천천히 자신이 무엇을 했었는지, 그리고 어디서 그를 보았고, 또 무슨 대화를 했는지 떠올리기 위해 조용히 주변을 둘러보았다.

부스스하게 기른 머리를 단정하게 묶은 정장 차림의 남성.

'어디 있을까. 오늘도 같은 곳에 계실까?'

링컨 센터는 주요 관광지 중 한 곳답게 언제나처럼 사람이 붐비고 있었다.

다양한 연령대의 사람들은 바쁘게 움직이는 이들은 물론 여유롭게 앉아 대화를 나누고 있는 이들도 있었다.

손에는 작은 책자를 들고 오늘 본 공연이 어땠는지 일행과 대화를 나누는 사람들 사이로.

도진은 지난번 자신이 앉았던 그 벤치를 찾을 수 있었다.

지나다니는 사람들이 많아 잘 보이지는 않았지만, 그 옆의 벤치에는 오늘도 누군가가 앉아 있는 듯했다.

'왠지 오늘 찾을 수 있을 것만 같아.'

도진은 어쩐지 행운이 따를 것만 같은 기분에 휩싸여 그곳으로 발을 옮기며 로잘리에게 말했다.

"따라오시죠."

점점 더 발걸음에 힘이 차는 듯한 도진의 뒷모습에 로잘리는 아무 말도 하지 않고 그를 뒤따라 걷기 시작했다.

로잘리는 앞서 걷는 도진을 바라보며 생각에 잠겼다.

자신이 연관된 일도 아니었고, 알게 된 지 얼마 되지도 않는 이의 일이었다.

보통 사람이었다면 충분히 그냥 모른 체하고 넘어가도 될 일이었다.

누가 보면 로잘리도 마찬가지라고 말할 수 있었지만, 도진과 로잘리의 경우는 조금 달랐다.

로잘리는 처음 개비와 만났을 때부터 지금까지 인연을 이어 가며 사회복지사와 위탁 가정을 전전하는 아이의 관계 이상이 되었다.

개비에게 로잘리는 현실적인 조언을 많이 해 주는 누나 같았고, 또 때로는 힘든 일이 있을 때 다정하고 따듯하게 위로해 주는 엄마와도 같았다.

로잘리에게 개비는 언제나 안쓰러운 아이였다.

다른 아이들이 위탁 가정에서 적응하며 점차 행복한 미소를 가득 머금는 모습을 보고 있으면, 언제나 개비가 떠올랐다.

몇 번씩이나 다시금 복지시설로 되돌아오면서 점차 사람에 대한 마음의 문을 닫아 가는 게 눈에 보일 때.

로잘리는 그와 많은 대화를 나눴다.

담당 복지사로서 개비가 왜 돌아왔는지 알아야 했던 이유도 있었지만, 그가 걱정되는 마음도 컸다.

보기에는 다 커 보여도 개비는 어린아이였다.

어린아이일 때 부모와 떨어졌고, 혼자 남아 다른 가정을 전전하며 지내야만 했다는 것이 안타까웠다.

로잘리는 자신이 더 할 수 있는 일이 있지는 않을까 하며 서류들에 매달렸다.

개비가 받을 수 있는 복지에 대해서도 찾아보고, 또는 그를 사랑으로 보듬어 줄 수 있는 또 다른 좋은 위탁 가정이 있지는 않을까 하는 마음으로 몇 번이고 서류를 뒤적이고, 연락해 보고…….

로잘리에게 개비는 그런 아픈 손가락이자, 언제나 챙겨 줘야 하는 남동생 같은 아이였다.

그렇게 생각하는 아이가 오랜 시간 찾아 헤매던 아버지를 더 이상 찾지 않아도 된다고 말했을 때.

로잘리는 한숨과 함께 눈물을 글썽일 수밖에 없었다.

그 말이 개비에게 어떤 의미인지 알고 있었기 때문이다.

언제나 아버지를 그리워하던 개비는 '더 이상 아버지를 찾지 않겠다.'고 말한 뒤.

많이 상심한 모습을 보여 왔고, 꾸준히 나오던 봉사도 몇 번이고 빼먹기 일쑤였다.

다행히 일손이 부족해지며 요 몇 주 동안은 휴무일마다 이렇게 꼬박꼬박 찾아와 줬지만…….

여전히 개비의 얼굴에는 어두운 그림자가 드리워진 채였다.

그런 와중에 개비가 '천사의 쉼터'에 도진을 데리고 왔다는 것은 놀라울 뿐이었다.

그도 그럴 것이.

개비가 이곳에 누군가를 데리고 온 것은 처음이었기 때문이다.

물론 얘기를 들어 보아 하니 개비가 일부러 데리고 온 것은 아니었지만, 그럼에도 큰 발전이 틀림없었다.

로잘리가 도진 덕분에 편히 쉴 수 있었던 하룻밤 사이.

두 사람은 한껏 더 친해진 듯한 모습을 하고 있었고 개비는 잠시나마 근심을 잊은 듯한 모습이었다.

덕분에 로잘리는 개비에게 제대로 된 좋은 친구가 생긴 것 같아 조금이나마 걱정을 덜어 낼 수 있었는데.

심지어는 개비의 아버지를 찾는 것에 대해서도 이렇게까지 발 벗고 나서서 도움을 주다니.

'분명 잠도 거의 못 자서 피곤할 텐데……'

로잘리는 이렇게까지 하는 도진이 고맙기도 했지만, 도대체 어떻게 이렇게까지 해 줄 수 있는 것인지 궁금했다.

그사이, 지난 휴일 자신이 잠시 쉬어 갔던 벤치를 찾았다며 말한 도진은 따라오라고 말하며 로잘리를 이끌었다.

그리고 이내 벤치 앞에 도착했지만, 그곳에는 한눈에 봐도 다른 이가 앉아서 휴식을 취하고 있었고 도진은 실망한 표정을 감추지 못하며 말했다.

"오늘은 여기 안 계시네요."

"항상 같은 자리에 있을 수는 없으니까요. 여기 어딘가에 계실 수도 있으니 한번 전체적으로 둘러볼까요?"

"네, 좋아요. 같이 움직일까요? 아니면 따로?"

도진은 적극적으로 의견을 내며 로잘리의 말을 수용했다.

그 모습에 로잘리는 결국 참지 못하고 도진에게 물었다.

"도진은 왜 이렇게까지 하는 거예요?"

"네? 그게 무슨 의미인가요?"

"그냥요. 사실 저는 잘 이해가 안 돼요."

고마운 일이었지만, 도진에게는 이렇게까지 해야 할 이유가 없었다.

로잘리의 질문에 도진은 잠시 당황했다.

사실 그녀의 말이 맞았다.

'내가 이렇게까지 할 필요는 없지.'

하지만 도진은 이미 개비의 사정을 알아 버렸다.

게다가 부모님에 대한 그리움은 자신도 수없이 느껴 보았다.

그리고.

'만약 그 사람이 개비의 아버지가 맞다면, 그리고 여전히 아들을 그리워하는 마음이라면…….'

도진은 그것을 그냥 모른 체 넘어갈 수 없었다.

그 마음을 알고 있었기 때문이다.

가스 폭발 사고로 모든 것을 잃었던 전생의 도진은 그 누구보다 가족들이 그리웠지만, 차마 되돌아갈 수 없었다.

지금껏 꿈을 좇으며 호언장담했던 자신의 모습이 떠올랐기 때문이다.

꼭 성공해서 돌아가겠다고 말해 놓고, 모든 것을 잃은 채 돌아갈 자신이 없었다.

혹여 용기를 내 돌아간다고 하더라도, 자신의 존재가 가족들에게 폐가 되진 않을까 걱정이 앞섰다.

그렇기에 도진은 혹시 자신이 만났던 그 남성이 개비의 아버지라면, 여전히 아들을 그리워하고 있다면.

전생의 자신과 같은 마음이기에 아들을 그리워만 할 뿐, 찾지 못하는 것이 아닐까 생각했다.

'서로가 서로를 그리워하는데 만나지 못한다는 것은 너무 이상해.'

로잘리에게 도진이 던진 단서는 일말의 희망이었고, 개비에게는 평생의 그리움일 터였다.

그리고 만약 그 남성이 개비의 아버지가 맞았다면, 분명이 일이 평생의 후회로 남을 것이었다.

도진은 이미 사연을 알게 된 이상, 누군가가 과거의 자신과 같은 후회와 그리움을 남기지 않길 바랐다.

그러니 도진은 기꺼이 움직일 수 있었다.

오늘 자신의 선택이 미래에 또 다른 후회로 남지 않기를 바랄 뿐이었다.

"그분이 개비의 아버지가 맞을지 아닐지는 확인해 봐야 할 일이지만, 만약 이대로 제대로 확인하지 않은 채 넘어간다면 저한테 평생 후회로 남을 것 같아서요."

도진의 대답에 로잘리가 미소를 지으며 말했다.

"도진은 정말 다정한 사람이네요."

"아니에요. 그냥 제 욕심인 거죠."

로잘리의 말에 도진이 머쓱하게 뒷머리를 긁적이며 말했다.

그러고는, 이런 상황이 익숙하지 않은 듯 급히 말을 돌렸다.

"그나저나 사람이 너무 많아서, 어디 있는지 찾기가 힘드네요."

도진은 주변을 두리번거렸다.

주요 관광지 겸 문화 행사가 많은 곳답게, 링컨 센터는 평일임에도 사람들로 북적이고 있었다.

다양한 인종에 다양한 연령대의 사람들이 저마다의 길을 가고 있었고, 그 사이에서 사람을 찾는다는 것은 쉽지 않은 일이었다.

난감한 표정을 지으며 말하는 도진의 모습에 로잘리가 고개를 저으며 말했다.

"너무 조급해하지 말아요. 오늘이 아니어도, 여기서 봤었다고 했으니, 꼭 찾을 수 있을 거예요. 매일 와 보기 힘들 테니 본인이라면 직접 확인할 수 있도록 전단지 같은 거라도 만들어서 붙여 놓죠, 뭐."

태평한 듯 말하는 로잘리의 모습에 도진은 마음의 여유를 찾는 듯했다.

그 모습을 본 로잘리는 일부러 더욱 많은 말들을 쏟아 냈다.

조금이라도 도진이 마음을 편하게 먹었으면 하는 마음이었다.

'이렇게까지 도와주는 것도 고마운데 괜히 급한 마음먹게 할 필요는 없지.'

그런 생각이었다.

두 사람은 그렇게 링컨 센터를 몇 바퀴 돌았다.

그냥 무작정 돌아다니면서 찾기만 한 것은 아니었다.

돌아다니며 몇 번이고 마주친 한곳에 오래 머무른 듯한 이들을 보면 사진을 보여 주며 개비의 아버지로 추정되는 남성을 찾기도 했다.

"혹시 이렇게 생긴 분 못 보셨나요? 이 사진보다는 좀 더 나이가 있는 모습이고, 정장에 운동화를 신고 긴 머리를 하나로 묶은 모습일 거예요."

"글쎄요. 잘 모르겠네요."

"사람이 이렇게 많이 지나다니는데, 어떻게 하나하나 기억하겠어요."

도진과 로잘리는 몇 번이고 포기하지 않고 링컨 센터 내부는 물론이고 광장과 근처 공원까지 돌아다니며 수소문을 했지만.

그를 봤다는 사람은 쉬이 나타나지 않았다.

결국 시간은 점차 흐르고 어느덧 저녁이 다 되어 갈 무렵.

두 사람은 고민에 빠졌다.

"어떡해야 할까요? 저야 괜찮지만, 도진은 오늘 잠도 많이 못 잤으니……."

로잘리의 걱정이 담긴 말에 도진이 고개를 내저으며 말했다.

"저는 정말 괜찮아요. 그보다, 빨리 찾을 수 있을 줄 알았는데 생각보다 찾기가 어렵네요."

"아무래도 링컨 센터 주변이 넓다 보니 어쩔 수 없네요."

한참을 찾아 헤매던 두 사람은 결국 오늘은 포기해야 하나라는 말까지 나오게 되었고.

도진은 잠시 자리에 서서 고민에 빠졌다.

그때.

바이올린을 든 남성이 도진을 향해 다가왔다.

링컨 센터에 도착해 개비의 아버지로 추정되는 인물을 찾으며 가장 처음으로 사진을 보여 주며 그를 본 적이 있는지 물어봤던 사람이었다.

그는 이제 집에 가려는지 손에는 바이올린 케이스를 들고 있었고, 연주할 때에는 벗어 두었던 옷을 동여맨 채 도진을 불렀다.

"저기, 혹시 아까 찾는다는 사람 아직도 찾고 있어?"

그의 말에 도진과 로잘리는 동시에 그를 쳐다봤다.

"내가 제대로 기억하는 게 맞는지 모르겠는데, 나는 매주 월, 화에는 여기서 버스킹을 하거든."

그는 천천히 말을 이었다.

"네가 말한 사람이 맞는지는 잘 모르겠는데, 매주 월요일 마다 중단발 정도 되는 길이의 머리를 묶은 아저씨를 벤치에서 본 적이 있어."

"정말요?"

보통 저녁이 되어서야 오기 때문에 자신의 버스킹이 끝나는 시간대쯤에 도착해 몇 곡을 듣고는 매번 동전을 주며 잘 들었다고 인사를 해서 기억한다며 말한 그는 힐끔거리며 두 사람의 눈치를 보았다.

"사실 아까도 말해야 하나 싶었는데, 뭐 때문에 찾는지를 몰라서. 혹시나 너희가 나쁜 소식으로 그를 찾는 걸까 봐 아까는 말하지 못했어."

도진은 그의 말에 그제야 자신들이 사람을 찾는다며 사진을 보여 주며 그 이유를 말하지 않은 것을 떠올렸다.

마음이 급한 나머지 설명을 할 생각조차 못 한 것이었다.

도진은 자신의 앞에 선 남자에게 인사를 건넸다.

"고마워요. 충분히 그렇게 생각할 수도 있었겠네요."

머쓱하게 웃으며 말하는 도진의 모습에 남자는 말을 덧붙였다.

"지금 시간쯤이면 아까 그 광장의 벤치에 와 있을 것 같은데, 한번 가 보는 게 어때?"

그 말에 도진과 로잘리는 서로의 눈을 마주 보았고, 이내 동시에 고맙다며 남성에게 인사를 하고 빠르게 걷기 시작했다.

해가 질 무렵이 되자 사람들이 점차 줄어들어 낮보다 한산해져 있었다.

처음에는 빠른 걸음이었지만, 이내 혹시나 하는 마음이 숨이 벅찰 정도로 달려 먼저 광장에 도착한 도진은 눈앞에 보이는 링컨 센터의 아름다운 모습에 감탄하며, 이내 자신이 이전에 앉아 있던 벤치로 향했다.

천천히 숨을 고르며, 사람들을 피해 보이는 벤치에서는 익숙한 실루엣이 보이고 있었다.

등받이가 없는 벤치에는 여전히 낡고 해졌지만 최대한 깔끔하게 관리한 듯한 정장을 입은 중년의 남성이 꼿꼿한 자세로 앉아 분수대를 바라보고 있었다.

도진의 발걸음은 다시금 빨라졌다.

정신없는 하루

도진은 남자와 로잘리를 연결해 준 뒤, 그대로 집으로 돌아왔다.

찾을 수 없을지도 모른다는 걱정이 그를 찾자마자 풀리자, 몰려오는 졸음과 피로를 견디기 힘들었던 탓이었다.

어차피 나머지 확인하는 과정들은 자신이 없어도 상관없을 터였다.

도진은 로잘리에게 먼저 가서 미안하다며 말한 뒤, 집에 돌아오자마자 거실 소파에서 기절하듯 잠에 빠졌다.

루카스는 도진이 돌아온 것을 확인하고는 방에 들어가서 자라며 그를 깨웠지만, 이미 긴장이 풀린 도진은 아무리 깨워도 일어날 수 없는 지경이었다.

그리고 아침.

그렇게 깨워도 미동 하나 없이 잠들어 있던 도진은 순간적으로 번쩍 눈을 뜨고는 시간을 확인했다.

'뭐지? 시간이 좀 이상한데…….'

아무리 오래 자도 저녁에 잠들었으니, 늦은 밤이나 새벽이 되면 깰 것이라고 생각했지만, 시계는 아침 6시를 가리키고 있었다.

어김없이 출근을 준비하는 시간에 눈을 떠 버린 도진은 거실로 나와 창밖을 바라보았다.

이른 시간이니만큼 밖은 한산해 보였지만, 머지않아 밖은 출근하는 사람들로 인산인해를 이루게 될 것이 분명했다.

어쩐지 휴일인 이틀 중 하루를 제대로 마무리하지 못한 것 같은 기분이 들었지만, 도진은 이내 고개를 저었다.

비록 개인적인 시간을 가지지는 못했지만, 어제는 충분히 보람찬 하루였다.

봉사 활동도 하고, 개비와 조금 더 친해졌으며, 로잘리라는 좋은 사람을 알게 되었고, 개비의 아버지일지도 모르는 이를 찾았다.

하루 사이에 많은 일이 있었던 것이다.

'이 정도면 충분히 보람찬 하루였지.'

도진은 주방에서 따뜻한 커피 한 잔을 내려와 소파에 앉았다.

천재셰프
회귀하다

출근하지 않으니 아침은 여유로움 그 자체였지만, 무엇을 해야 할지 마땅히 생각나는 것이 없었다.

뉴욕에 온 뒤로는 정신없이 하루하루를 보낸 덕분에, 오랜만에 찾아온 여유로운 시간을 어떻게 써야 할지 알 수 없는 노릇이었다.

'짧은 시간이었지만 많은 일들이 있었지.'

따뜻한 커피를 한 모금 입에 머금은 도진은 향긋하게 올라오는 커피 향에 기분 좋은 미소를 지으며 생각에 잠겼다.

미국에 온 지는 얼마 되지 않았지만, 그사이에 많은 일이 있었다.

그중 도진이 제일 신경이 쓰였던, 가장 큰 일이라고 함은 역시 숙소 문제였다.

호스트가 머무는 집에서 거실을 함께 쓰며 방을 하나 빌려주는 숙소였다는 걸 모른 채 예약한 탓에 새롭게 숙소를 구해야 할지도 모른다는 것은 도진에게 알게 모르게 큰 부담으로 찾아왔다.

'다행히도 잘 해결되었지만, 만약 새로 숙소를 구해야 했다면……'

만약 그랬다면 아무 일도 시작하지 못한 채 머물 숙소를 찾느라 고생하고 있거나, 아니면 짐조차 제대로 풀지 못하고 짧게 숙소를 전전하며 일을 하느라 고생하고 있었을 터였다.

도진은 상상하기도 싫은 듯 고개를 내저으며 생각했다.

'설마하니 제대로 알아보지도 못하고 예약한 집의 호스트가 내가 이력서를 낸 곳에서 일하고 있을 줄은 예상치도 못했지.'

오랜만에 만난 이랑과 '르 베르나르댕'에서 식사 후 예정에 없던 이력서를 지배인에게 내민 것도.

그리고 그게 다시 자신에게로 돌아온 것도, 모두 우연이 겹친 일이었지만 결국 모든 게 좋은 쪽으로 풀렸다.

최악인 줄 알았던 시작은 생각지도 못한 우연들로 이어져 도진을 지금에 이르게 했다.

심지어는.

'수 셰프한테 생선을 맡아 달라는 얘기를 들을 줄은 생각지도 못했는데.'

'르 베르나르댕'에서 일한 지 얼마 되지 않은 시점에 이렇게 푸아송니에의 자리를 제안받을 줄이야.

물론 이런저런 사정들이 겹쳐 도진이 '르 베르나르댕'에서 일하는 동안 잠깐 맡아 달라는 뜻일 게 분명했지만.

상상도 못 한 일이었다.

'결국 그 자리를 받아들이게 되었고, 그 덕에 개비랑 작은 신경전이 있었지만 그래도 이 정도면 충분하지.'

다시 생각해 봐도 스테판은 도진이 무슨 말을 하든지, 어떻게든 그 자리를 도진에게 떠넘길 생각이었다.

'당장 어제만 보더라도 자신의 말만 전한 스테판은 내일은

휴무이니 충분히 생각해 보고 대답해 달라는 말로 이후의 대화를 단절해 버렸으니.'

사실상 선택권은 없었던 것이었다.

하지만 지금 생각해 보면 그 일을 계기로 도진은 개비는 물론이고 다른 이들과도 더욱 친해질 수 있었다는 생각이 들었다.

그보다 지금 중요한 것은 따로 있었다.

어제는 피곤함에 먼저 자리를 떠났지만, 과연 어제 찾은 남성이 개비의 아버지가 맞는지 너무나도 궁금했다.

그러나 로잘리의 번호를 따로 받아 두지 못했기 때문에 연락할 방도가 없었다.

궁금함은 커져 갔지만, 해결할 수 없다는 생각에 도진은 창밖의 푸른 녹음의 나무를 바라보며 한숨을 내쉬었다.

'맞으면 좋을 텐데, 만약에 아니라고 하면 어떡하지?'

생각만 깊어지는 아침이었다.

그런 도진의 상념을 깬 것은, 다름 아닌 루카스였다.

부스스한 머리로 방문을 열고 나오며 입이 찢어질 정도로 하품하는 루카스는 일찌감치 소파에 앉아 커피를 마시고 있는 도진을 바라보며 놀라 물었다.

"뭐야, 도진? 언제 일어났어요?"

"얼마 안 됐어요. 한 시간쯤 전에?"

"오늘 쉬는 날인데 너무 일찍 일어난 거 아니에요? 이런 날 늦잠도 자고 좀 그래야 하는데."

아직 눈도 제대로 뜨지 못 한 채 말하는 루카스의 모습에 도진이 웃음을 터트리며 대답했다.

"그냥 일찍 눈이 떠지더라고요. 그러는 루카스야말로 그 눈을 보아하니 아직 자야 할 시간인 것 같은데, 좀 더 가서 자는 게 어때요?"

도진의 말은 진심이었다.

루카스의 얼굴은 피로에 찌들어 있었고, 이런 쉬는 날은 근무일의 여독을 풀어 주는 게 좋았다.

그래야만 다음 주에도 별 탈 없이 하루의 시작을 맞이할 수 있을 것이었다.

하지만 도진의 걱정 어린 말에 루카스는 고개를 저으며 말했다.

"괜찮아요. 쉬는 날 또 하루 늦게 일어나면, 내일도 아침에 일어나는 게 쉽지 않아지거든요."

그렇게 말한 뒤 세수를 하고 나온 루카스는 여전히 같은 자리에 앉아 있는 도진을 향해 물었다.

"그런데, 도진은 오늘 할 일 없어요? 쉬는 날인데 이런 날에는 나가서 놀아야죠."

"뉴욕에 오자마자 정신없는 날들이 이어져서 그런지, 모처럼 쉬는 날인데 사실 뭘 해야 할지 잘 모르겠네요."

루카스는 도진의 말을 듣고는 무언가 깨달은 듯한 표정을 지으며 물었다.

"생각해 보니, 도진이 우리 집에서 지낸 지 일주일도 안 된 거예요? 와, 말도 안 돼."

너무 자연스러워서 한 몇 달은 같이 지낸 것 같았다며 놀라는 루카스의 모습에 도진은 웃음을 터트렸다.

그사이 루카스는 잠시 생각에 빠지더니 이내 도진에게 물었다.

"뉴욕은 처음이에요?"

"맞아요, 처음."

"오, 맙소사. 그럼 이러고 있을 수 없죠."

도진의 대답에 루카스는 갑작스럽게 분주하게 움직이기 시작했다.

손에 쥐고 있던 커피를 내려놓고는 급하게 화장실로 가는가 하더니, 이내 세수를 하고 나온 듯 물이 뚝뚝 떨어지는 얼굴로 다시 거실로 돌아와 도진에게 말했다.

"도진도 얼른 씻고 나갈 준비해요! 뉴욕에 왔는데 일만 하다 갈 수는 없죠."

갑작스러운 루카스의 말에 놀란 도진은 그에게 되물었다.

"네? 갑자기요? 그게 무슨……."

당황한 도진은 어리둥절한 채 있었지만, 루카스는 그런 도진을 일으켜 세워 화장실로 들여보냈다.

그리고 친절히 문까지 닫아 주며 말했다.

"걱정하지 마요, 도진. 오늘은 내가 완벽한 시티 투어를 시켜 주도록 하죠."

왜인지 모르게 잔뜩 신이 난 듯한 루카스의 눈과 마주친 도진은, 쉽지 않은 하루가 될 것 같음을 느꼈다.

⬩

씻고 나온 도진이 옷을 갈아입고 지갑을 챙겨 나오자 루카스는 이미 모든 것을 준비한 채로 자신을 기다리고 있었다.

그러고는 도진이 나오기만을 기다리고 있었다는 듯, 그가 나오자마자 손을 잡고 이끌어 밖으로 향했다.

당황한 도진이 어디로 가는 거냐며 물었지만, 루카스는 씩 웃으며 그저 '따라오기만 해요.'라며 말할 뿐이었다.

그리고 그를 따라 도착한 곳은.

다름 아닌 시티투어 버스를 타는 정류장이었다.

두 사람이 정류장에 도착하고 얼마 지나지 않아 뉴욕의 명물이라고 할 수 있는 2층 버스가 도착했고, 루카스는 도진을 이끌고 2층으로 향했다.

"원래 혼자 여행하게 되면 다운타운이나 브루클린으로 많이 가니까, 일부러 업타운 노선으로 골라 봤어요. 이따 저녁에 이벤트도 있고 해서."

루카스는 도진을 향해 투어 버스가 지나는 노선을 설명하기 시작했지만, 도진은 전혀 관심이 없어 보였다.

'내가 이런 걸 타 볼 수 있게 될 줄은 몰랐는데!'

천장이 없어 위가 뻥 뚫려 있는 2층 버스의 개방감에 도진은 감탄을 금치 못했다.

심지어 왼쪽 가장 앞좌석에 앉은 덕에 바로 눈앞에 펼쳐진 뉴욕의 거리는 생동감이 넘쳤다.

한참을 혼자 바쁘게 설명하던 루카스는 그런 도진의 모습에 잠시 입을 다물었다.

도진의 모습이 생소했기 때문이다.

지금껏 도진을 많이 마주했던 곳은 아무래도 일터의 주방이었고, 주방에서의 도진은 자신의 일에 집중하고 책임감을 가진 모습을 보여 왔다.

가끔 자신에게 일 적으로 도움을 주며 조언을 할 때는 어쩐지 자신보다 연상이라는 생각이 들 정도였다.

하지만 지금 눈앞에 보이는 도진의 모습은 그저 2층 버스를 처음 타 신이 난 아이 같았다.

그 모습에 루카스는 자신의 선택에 만족스러운 미소를 지었다.

자신이 마음대로 데리고 나온 것이었지만, 도진이 이렇게까지 만족하는 모습을 보이니 덩달아 기분이 좋아진 것이다.

그리고 이내 문득 너무 자신의 마음대로 행동한 게 아닌가 하는 생각이 들었다.

'혹시나 가 보고 싶었던 곳이 있었을지도 모르는데, 너무 내 맘대로 끌고 나온 건가?'

그 생각이 드는 것과 동시에 루카스는 도진에게 물었다.

"혹시 가 보고 싶은 곳이 있나요?"

"음, 집에서도 말했다시피 사실 어딜 가야 할지 잘 모르겠어요. 아는 거라곤 정말 유명한 랜드마크랑, 관심이 있었던 레스토랑 정도뿐이니…….."

도진은 잠시 생각하는 듯하더니 이내 말을 이었다.

"괜찮다면 루카스에게 모두 맡겨도 될까요? 안내해 주는 대로 따라갈게요."

루카스는 마치 자신이 듣고 싶었던 말을 들은 듯 눈을 빛내며 세차게 고개를 끄덕였다.

"물론이죠! 도진이 원한다면 언제든지."

그리고 이내 씩 웃으며 말했다.

"저만 믿고 따라와요. 루카스 투어를 찾아 주신 고객님께 감사의 인사를 드립니다."

장난스럽게 인사하는 루카스의 모습에 도진은 웃음을 터트릴 수밖에 없었고, 그 모습에 루카스는 만족스러운 미소를 지으며 말했다.

"우선 우리 여행의 테마부터 한번 정해 볼까요? 도진은 조금 느긋한 게 좋아요? 아니면 오늘 하루 뉴욕을 다 알아볼 수 있는 알찬 일정?"

생각보다 본격적으로 질문하며 일정을 짜려는 루카스의 모습에 도진은 감탄했다.

어쩐지 즐거운 하루가 될 것만 같은 기분이었다.

묻고 싶은 말, 해야 하는 말

  루카스와의 투어는 늦은 밤까지 이어졌다.

  유명 레스토랑에서 저녁을 먹으며 거나하게 술까지 걸친 루카스는 한껏 달궈진 기분이 되었고, 시간이 늦었으니 집으로 가자는 도진의 말에 몇 번이고 고개를 저으며 조금만 더 있다 가자며 말했다.

  결국 레스토랑의 마감 시간이 되어서야 가게를 나온 두 사람은 만취한 루카스의 술도 깰 겸.

  근처의 공원을 끼고 한 바퀴를 돌아 한참을 걸어 집까지 걸어왔고, 다음 날 출근을 위해 씻고 잠자리에 들기 위해 누운 시간이 새벽 3시였다.

  덕분에 4시간을 자고 겨우 일어난 도진은 조금 피곤한 상태로 일어나 출근 준비를 하고 있었고.

도진이 집을 나설 때쯤 일어난 루카스는 다급히 준비하면서도 멀쩡해 보이는 도진을 보며 감탄했다.

"아니, 분명 나랑 같은 시간에 들어와서 나보다 늦게 씻고 잠들었을 텐데, 도진은 왜 그렇게 멀쩡해 보여요?"

"제가요? 아니에요. 저도 피곤한걸요."

"하지만 그런 것치곤 벌써 출근 준비까지 다 했잖아요."

루카스의 말에 도진은 작게 미소를 지으며 대답했다.

"몸이 자동으로 일어나는 걸 어떡해요."

"진짜 대단해……."

"대단하긴요. 저는 어제 술을 안 마셨잖아요. 그래서 그런 게 아닐까요?"

도진의 말에 깨달음을 얻은 듯한 표정을 지은 루카스는 이내 억울하다는 듯 소리쳤다.

"맞네! 어제 나만 마셨죠? 도진도 같이 마셨으면 더 좋았을 텐데……."

"하지만 저는 아직 술을 마실 수 없는 나이인걸요. 어쩔 수 없죠."

도진도 아쉽기는 마찬가지였다.

한국에서는 만 19세의 나이로 성인이었기에 술을 마실 수 있었지만, 미국의 주류법상으로는 만 21세부터 술을 마실 수 있었기 때문에 도진은 결국 음료수나 홀짝거릴 수밖에 없었다.

눈앞에서 맥주를 벌컥벌컥 들이켜는 루카스가 어찌나 부럽던지.

'그래도 어쩔 수 없지.'

작은 가방에 소지품을 챙기며 출근 준비를 마친 도진은 문앞에 서서 가방을 다시금 확인했다.

"저 먼저 나갈게요!"

그러고는 집을 나서려던 도진은 문을 열고 나서다 말고 뒤를 돌아 한창 머리를 만지고 있던 루카스를 바라보며 말했다.

"어제는 고마웠어요. 루카스 덕분에 하루를 알차게 보낼수 있었던 것 같아요. 다음에 내가 맛있는 거 쏠게요!"

할 말을 마친 도진은 문을 닫고 쌩하고 나가 버렸고, 집에 홀로 남은 루카스는 생각지도 못한 감사 인사에 벙한 채 도진이 나간 문을 잠시 바라보고 서 있었다.

'감사를 바란 건 아니었는데⋯⋯.'

어찌 되었든 기분 좋게 하루를 시작하게 된 루카스였다.

평소 같았다면 루카스가 준비를 마치는 것을 기다렸다가 함께 나왔을 테지만, 도진이 이렇게 서둘러 출근을 하는 이유는 따로 있었다.

바로 개비의 소식이 궁금했기 때문이다.

'과연 그날 만났던 그 아저씨가 개비의 아버지가 맞을까?'

루카스의 정신없이 바빴던 투어 일정을 소화할 때는 순간 잊을 수 있었지만, 도진은 오늘 눈을 뜨자마자 출근을 하면 개비를 본다는 생각에 자연스럽게 궁금증이 이어진 상태였다.

과연 자신이 만났던 그 중년의 남성이 개비의 아버지가 맞을지.

도진은 너무나도 궁금했다.

그렇기에 일찍 출근하면 그만큼 더 빨리 개비를 만나고, 만약 그날 그 남성이 개비의 아버지라면 그에게 소식을 들을 수 있을 것이라고 생각했던 것이었다.

도진은 빠르게 발을 옮겨 '르 베르나르댕'으로 향했고, 평소처럼 뒷문으로 출근하기 위해 발길을 옮겼다.

그런데 그곳에서 뜻밖의 인물을 만났다.

"개비? 여기서 뭐 해요?"

가게의 뒷문에 기대고 서서 안으로 들어가지 않은 채 있던 개비가 잠시 머뭇거리다가 도진의 물음에 답했다.

"그냥 바람 좀 쐬고 있었어."

평소와는 묘하게 다른 분위기의 모습에 도진은 혹시나 하는 마음으로 좋은 소식이 있는 건 아닐까 기대했다.

'그 사람이 아버지가 맞았나?'

하지만 개비는 별다른 말 없이 쭈뼛거리며 도진을 바라보고 있었다.

도진은 자신을 바라보며 아무 말도 하지 않는 그를 멀뚱히 바라보며 잠시 고민했다.

'내가 먼저 물어봐도 되나? 하지만 만약 로잘리가 확인해 봤는데 그 사람이 아버지가 아니었으면 어떡하지? 그렇다면 개비한테는 그런 일이 있었다는 사실 자체를 알리지 않았을 텐데…….'

도진은 아무것도 모르는 개비에게 괜히 자신이 말을 꺼냈다가 상처가 될지도 모른다고 생각했다.

서로 할 말이 있는 것처럼 잠시간 눈을 맞춘 두 사람 사이에는 정적만이 흘렀고, 고민하던 도진이 먼저 입을 열었다.

"휴일은 잘 보냈어요?"

도진의 나름대로 최대한 돌려서 말한 것이었다.

만약 도진과 로잘리가 찾은 이가 개비의 아버지라면, 분명 무슨 일이 있었다고 말할 터였다.

하지만 개비의 입에서는 생각지도 못한 답변이 나왔다.

"그걸 알아서 뭐 하게?"

조금 친해졌다고 생각했는데 퉁명스러운 반응을 보이는 개비의 모습에 도진은 당황했지만, 티를 내지 않고 웃으며 말했다.

"궁금해서요. 월요일에 제대로 인사도 못 하고 들어갔잖아요."

"그냥, 뭐……."

말끝을 흐리던 개비는 이윽고 무언가를 더 말하려는 듯 우물쭈물했지만.

출근하며 반갑게 인사하는 스테판의 목소리에 결국 개비의 입이 열리는 일은 없었다.

"개비? 안 들어가고 거기서 뭐 해? 아, 도진이랑 같이 있었구나."

스테판은 아무것도 모른 채 도진과 개비를 가게 안으로 이끌었다.

"자, 얼른 들어갑시다!"

도진은 스테판에게 한쪽 팔을 이끌려 안으로 들어가며 힐끗 개비를 보았다.

그는 어쩐지 못마땅한 표정을 짓고 있었다.

'분명 뭔가 할 말이 있는 것 같았는데…….'

도진은 개비가 도대체 무슨 말을 하려 했었는지 궁금했지만, 이내 일을 하다 보면 중간에 쉬는 시간에라도 다시 대화할 틈이 생길 것이라고 안일하게 생각했다.

그러나 그것은 도진의 착각이었다.

도진은 오늘따라 유독 개비와 단둘이 대화할 틈이 없다는 것을 느꼈다.

휴일 다음 날이라 평소보다 바쁜 것은 물론이고, 조금이라도 그에게 말을 걸어 보려 할 때면 개비는 묘하게 도진을 피하는 듯했다.

'무슨 일이라도 있나?'

그런 개비의 모습에 도진은 고개를 갸웃거렸다.

무언갈 말하고 싶어 하는 눈치인데, 보면 그것을 말할 수 없다는 양, 입을 다문다.

자신을 피하려는 모습들도 그렇고.

어딘가 영 부자연스러운 모습이랄까.

'대체 뭐가 어떻게 흘러가고 있는 거야?'

개비와 자신은 분명 친해졌다.

아니, 정확히 말하자면 친분을 쌓았다 생각했다.

처음엔 퉁명스러웠던 개비의 말투가 부드러워지지 않았나.

그런데 이제 와서 다시 퉁명스러운 말투를 하고 있으니.

도진의 입장에선 이해가 잘되질 않았다.

'일단 기다리는 수밖에.'

도진이 작게 숨을 내뱉었다.

개비는 분명히 훌륭한 실력을 가진 인재다.

동시에 이곳에 와 제법 마음을 맞춰 나가던 인물이고.

그런 이의 갑작스러운 행동 변화가 도진은 이해가 가질 않았으나.

도진은 숨을 내뱉으며 그를 기다려 주기로 했다.

적어도 자신이 본 개비는 안하무인 같은 성격은 아니었으니까.

그렇게 생각한 도진은 발걸음을 옮겨 주방에 섰다.

머리로는 그를 이해하고 믿어 주겠노라 생각했으나, 답답한 마음이 드는 것은 어쩔 수 없었다.

주방에 서자, 개비가 있었던 흔적들이 눈에 들어온다.

이곳에서 요리를 하며 개비는 무슨 생각을 했을까?

아버지에 대한 생각을 했을까?

모르겠다.

깔끔하게 정리되어 있는 주방을 잠시 바라보던 도진은 손을 뻗어 냉장고를 열었다. 그가 사용했던 것으로 보이는 재료들이 트레이에 담겨 냉장고에 보관되어 있었다.

도진은 잠시 그것을 들어 재료들을 살펴보았다.

'버터, 박력분, 바닐라 엑스트렉트, 우유, 계란, 이스트, 베이킹 파우더…….'

그것을 천천히 살피던 도진은 그가 무엇을 만들려고 했는지 금방 알아차릴 수 있었다.

수플래 팬케이크.

몽실몽실한 외형과 부드러운 식감으로 유명한 디저트.

개비가 가지고 온 것은 모두 수플래 팬케이크를 만들려는 재료였다.

'왜?'

도진이 고개를 갸웃거렸다.

요리사가 요리를 하는 것이 이상한 것은 아니다.

실제로 도진도 전생에 혼자서 요리를 연습하는 과정이 없던 것이 아니었으니까.

하지만 수플래 팬케이크라니?

어려운 요리를 연습한다면 이해라도 하겠지만, 수플래 팬케이크는 그 난이도도 낮고 딱히 이렇다 할 만한 게 없지 않나.

잠시 고민을 이어 나가던 도진은 자신이 가지고 있던 재료들을 꺼내기 시작했다.

개비가 준비한 것과 동일한 재료였다.

재료를 모두 꺼낸 도진은 수플래 팬케이크를 만들기 위해 준비했다.

'무슨 생각으로 한 것인지는 모르겠지만. 직접 해 보면 뭐라도 알겠지.'

요리사들에겐 유명한 말이 있다.

셰프는 요리로 말을 한다는 이야기.

개비가 입 밖으로 말하고 싶었으나, 말하지 못했던 게 존재한다면.

개비가 준비하던 요리를 똑같이 준비하다 보면 뭐라도 알수 있지 않을까.

'일단 계란부터.'

도진은 가장 먼저 계란의 노른자를 분리해 볼에 집어넣고는, 그것을 휘휘 저어 풀어 냈다.

그 위로는 박력분을 계량해 집어넣었고, 우유와 바닐라 엑스트렉트를 차례로 집어넣었다.

그러고는 휘핑기를 가져와 그것을 잘 섞어 주었다.

'남은 흰자로는 머랭을 치고.'

도진은 남은 흰자를 모아 놓은 것을 가지고 와, 휘핑기로 머랭을 쳐 댔다.

직접 손으로 머랭을 치려면 못해도 수분은 걸렸겠으나.

휘핑기를 이용해 머랭을 치자 짧은 시간에 머랭을 만드는 게 가능했다.

도진은 완성된 머랭을 미리 잘 섞어 놓았던 반죽과 합쳐 주곤, 잘 섞어서 짤 주머니에 집어넣었다.

이걸로 수플래 팬케이크를 만들 기본 준비는 끝난 셈이었다.

도진은 팬에 식용유를 한번 두르고, 팬의 상태를 한번 체크한 다음.

반죽을 팬에 올렸다.

그러곤 물을 조금 같이 집어넣었다.

'수플레는 단순히 팬 밑면의 열로 익히는 것이 아니니까.'

수플레는 높이가 상당하다.

못해도 1센티 이상의 높이를 자랑하고 있었으니까.

그런 팬케이크를 안까지 빈틈없이 익히기 위해서는 단순히 굽는 것 외에 다른 방법이 필요했다.

바로, 물을 넣어 익히는 방법이었다.

달군 팬에 물을 넣게 되면 물이 끓으며 음식을 익히게 된다.

굽는 방식 외에 찌는 방식도 같이 들어가게 되는 셈이다.

그렇게 완벽하게 수플래 케이크를 구운 도진은 접시에 팬케이크를 옮기고는, 메이플 시럽을 끼얹은 뒤, 그것을 포크로 집어 입에 집어넣었다.

폭신한 식감과 함께 달콤한 맛이 입안 가득 퍼져 나간다.

바닐라 엑스트렉트를 넣어 바닐라 향을 입은 수플래 케이크는 씹을수록 바닐라 향이 흘러나오고 있었다.

"후우."

수플래를 먹던 도진이 포크를 내려놓았다.

혹시나 하는 마음으로 수플래를 먹어 보았는데, 아직 개비가 어떤 생각으로 이런 음식을 만들었는지 감이 잡히질 않았다.

'답은 믿고 기다리는 것밖에 없나.'

도진은 그렇게 생각하며 마저 남은 수플래를 입에 집어넣었다.

달콤한 바닐라의 향 때문인지, 조금은 도진의 답답한 기분이 풀리는 듯했다.

⬨

　퇴근 시간을 앞둔 개비는 점점 초조해지는 마음을 숨길 수 없었다.

　오늘 하루 종일 도진이 자신에게 말을 걸려고 하는 것을 자신도 느끼고 있었다.

　하지만 그때마다 쉽게 말을 꺼낼 수 없었던 개비는 번번이 도진을 무시하는 꼴이 되어 버렸다.

　'어떻게 말해야 하지?'

　도진은 그저 개비의 아버지일지도 모르는 이를 찾아 주고 바로 돌아갔다고 했다.

　개비는 도무지 뭐라고 말해야 할지 알 수 없었다.

　'그냥 고맙다고 말하면 되나? 그런 가벼운 말로도 충분한가?'

　결국 고민하던 개비는 스테판에게는 따로 말한 뒤.

　모두가 퇴근 전 스테판에게 공지 사항을 듣고 있을 때, 조심스럽게 뒷문으로 나와 누군가에게 전화를 걸었다.

　전화기 너머에서 들리는 신호음이 길어질수록 혹시나 전화를 안 받으면 어떡하지 하는 걱정이 들기 시작할 때쯤.

　수화기 너머에서 익숙한 목소리가 들렸다.

-어쩐 일이야? 이 시간에 전화를 다 하고.

로잘리였다.

개비는 로잘리에게 도움을 요청했다.

"도진한테 어떻게 말해야 될지 모르겠어."

그의 말에 수화기 너머에서 잠시 정적이 흘렀다.

아무 말도 하지 않는 로잘리의 반응을 보아하니 당황한 게 틀림없었다.

개비는 부끄러웠지만 한숨을 푹 내쉬며 한 번 더 말했다.

"도진한테 뭐라고 고맙다고 해야 할지 모르겠어."

로잘리는 그의 말에 잠시 고민하는 듯 침음을 흘리더니 이내 입을 열었다.

　-음, 우선 도진은 아마 자기가 만났던 사람이 네 아버지가 맞는지 아닌지도 모를 거야. 그러니까 우선 그때 만났던 그분이 아버지가 맞았다고 말해 주는 게 우선이겠지.

"응."

개비의 짧은 대답에 로잘리는 말을 덧붙였다.

　-아버지를 찾는 데 큰 도움을 줘서 고맙다고 꼭 인사해야 해. 도진이 아니었다면 결국 네 말대로 더 이상 아버지를 찾는 것을 포기했을 테니까. 영영 못 뵐 수도 있는 분이었잖아.

로잘리의 말에 개비가 고개를 끄덕였다.

맞는 말이었다.

만약 도진이 쉬는 날 그곳에 가지 않았다면, 그리고 자신과 얘기를 나누기 위해 '천사의 쉼터'까지 따라오지 않았다면, 영영 찾을 수 없었을지도 몰랐다.

이렇게 만날 수 없을지도 몰랐다는 뜻이었다.

어렴풋이 무슨 말을 어떻게 해야 할지 감을 잡은 개비는 드디어 결심이 선 듯 로잘리에게 말했다.

"고마워. 잘 얘기해 볼게."

─다음에 도진한테 꼭 한 번 더 '천사의 쉼터'에 들러 달라고 해. 내가 맛있는 밥 사 준다고 했다고 전해 줘. 그리고 개비 너는 다음 주 휴무에 아버지 뵙기로 한 거 잊지 말고.

"알겠어, 끊어."

길어지는 로잘리의 말에 다급히 전화를 마무리한 개비는 뒷문에 서서 머릿속으로 도진에게 어떻게 말해야 할지 정리하기 시작했다.

한편.

하루 종일 자신을 피해 다니는 개비의 모습에 결국 도진은 참다못해 퇴근하기 전, 그를 붙잡고 대화해야겠다는 생각까지 하게 되었고.

그리고 기다리고 기다리던 퇴근 시간이 되었다.

"다들 수고하셨습니다!"

천재세프
회귀하다

도진은 혹여 개비가 자신이 말을 걸기도 전에 도망갈까 싶어 수 셰프인 스테판의 공지가 끝나자마자 누구보다 빠르게 인사를 건넨 뒤.

퇴근하기 위해 움직이고 있는 요리사들 사이에서 개비를 찾았다.

두리번거리며 누군가를 찾는 듯한 도진의 모습에, 옆에 서 있던 루카스가 물었다.

"도진, 혹시 누구 찾는 사람이라도 있어?"

루카스의 말에 도진은 미간을 찡그리며 대답했다.

"개비요. 아무리 생각해 봐도 뭔가 찝찝해서 얘기를 좀 해 보려고요."

"확실히, 오늘 개비의 태도가 좀 이상하기는 했지."

루카스가 고개를 끄덕이며 오늘 개비의 행동을 떠올렸다.

그는 남들이 보기에도 도진의 앞에 서거나, 도진과 대화를 해야 할 일이 생기면 어떻게 해서든 빨리 자리를 피하려는 모습을 보였다.

그러고는 문득 무언가를 떠올린 듯 말을 덧붙였다.

"근데, 개비 이미 나갔을걸."

"네? 그게 무슨 말이에요?"

"아니, 아까 우리 마감하기 전에 스테판이랑 얘기하더니 로커 룸으로 가는 것 같던데."

루카스는 당시 상황을 자세히 떠올리려 안간힘을 쓰며 말을 이었다.

"무슨 얘기하는지는 정확하게 못 들었는데, 아마 무슨 일이 있어서 먼저 가 봐야 한다고……. 그리고 뭐라고 얘기를 좀 더 하는 것 같더니 옷 갈아입고 먼저 퇴근하는 것 같았어."

루카스의 말에 도진은 생각지도 못했다는 표정을 지었다.

'설마 먼저 퇴근을 했다니.'

마감할 때 빨리 끝내야 한다는 생각에 주변을 살펴보지 못한 덕분에 도진은 개비가 먼저 갔을 것이라고는 생각지도 못했다.

"어쩐지, 아까 스테판이 얘기할 때 아무리 둘러봐도 개비가 안 보이는 것 같더라니……."

망연자실한 표정을 짓는 도진의 모습에 루카스가 웃음을 터트리며 말했다.

"그렇게 신경 쓰이면, 전화해 보면 되잖아. 핸드폰 로밍해 둔 거 아니야?"

루카스의 말에 도진은 또 한 번 놀란 표정을 지었다.

"전혀 생각지도 못했어요."

주방에서는 언제나 똑 부러지는 모습만 보여 왔던 도진이 었기에 어안이 벙벙한 채 말하는 그의 모습에 루카스는 한참을 웃다가 겨우 웃음을 멈추며 말했다.

"내가 번호 줄게. 한번 전화해 봐."

"고마워요."

빠르게 번호를 보낸 루카스는 어느새 옷까지 다 갈아입고는 가방을 둘러메며 말했다.

"그럼, 오늘은 나 먼저 간다?"

"네. 이따 집에서 봐요."

약속이라도 있는 듯 다급한 발걸음으로 나가는 루카스의 뒷모습을 잠시 바라보던 도진은 이내 옷을 갈아입고 라커의 문을 닫은 뒤.

핸드폰을 들어 루카스가 보내 준 개비의 번호를 보며 잠시 머뭇거렸다.

'과연 내 전화를 받을까?'

하루 종일 대화를 피했는데, 과연 전화로는 제대로 대화를 나눌 수 있을까 싶은 마음이었다.

'일단 모르는 번호니까, 받긴 하겠지.'

고민하던 도진은 일단 전화를 걸어 보기로 마음먹었다.

도진은 가게의 뒷문으로 빠져나오면서 루카스에게 받은 개비의 전화번호로 전화를 걸었다.

그리고 이내.

뒤에서 들려오는 벨소리에 뒤를 돌아본 도진은 놀랄 수밖에 없었다.

"……어? 개비가 거기서 왜 나와요?"

도진의 물음에 문 옆의 구석에 서 있던 개비가 인상을 구기며 말을 돌렸다.

"다른 사람들은 퇴근한 지 오래인데, 왜 이렇게 늦게 나와?"

"혹시 저 기다린 거예요?"

개비의 말에 도진은 눈을 땡그랗게 뜨며 물었다.

그 물음에 개비는 잠시 머뭇거리다가 솔직히 털어놓았다.

"맞아. 기다리고 있었어."

개비는 어쩐지 쑥스러운 마음에 쉽사리 말을 꺼내지 못했다.

그런 그의 모습에 도진이 먼저 입을 열었다.

"혹시 오늘 제가 뭐 잘못한 거라도 있어요?"

도진의 물음에 개비는 깜짝 놀라 말했다.

"아니, 그럴 리가."

"그런데 왜 하루 종일 이렇게 저를 피하는 거예요? 저는 저도 모르는 사이에 제가 무슨 잘못이라도 한 줄 알았어요."

그 말에 개비는 낭패라는 듯한 표정을 지었다.

자신이 어떻게 말해야 할지 몰라 매번 도진의 말을 피했던 게 도진에게 이렇게 받아들여지게 될 줄은 몰랐던 탓이었다.

"화나서 그런 건 아니야. 그냥……."

"그냥 뭐요?"

마음을 먹었지만 쉽게 입을 열지 못하는 개비의 모습에 도진이 답답하다는 듯 다시금 물었다.

"혹시 아침에 하려던 말이랑 연관이 있는 얘기인 거예요?"

그 말에 개비가 고개를 끄덕였다.

"맞아."

그러고는 한 번 숨을 크게 들이쉬고 내쉰 뒤, 도진을 똑바로 바라보며 말했다.

"네 덕분에, 아버지를 찾았어."

개비의 말에 도진은 순간적으로 놀라 짧게 소리를 지르며 되물었다.

"그게, 정말이에요?"

평소에는 흔히 볼 수 없는 흥분한 듯한 도진의 모습이었다.

그 모습에 개비는 놀라 눈을 끔뻑거리기만 했고, 이내 답답했던 도진이 그의 어깨를 흔들며 다시 물었다.

"정말이냐니까요? 그때 로잘리랑 함께 가서 만났던 그분이 정말 개비의 아버지가 맞대요?"

도진의 말에 그제야 정신을 차린 개비가 목소리를 가다듬으며 대답했다.

"맞아. 그때 링컨 센터에서 찾은 그 사람이 우리 아버지가 맞았대. 그래서 너한테 꼭 고맙다고 말하라고 그러더라. 네가 아니었으면 절대 찾지 못했을 거라고."

개비는 자신의 손끝을 만지작거리며 말을 이었다.

"나도 그렇게 생각해. 이미 오랜 시간 찾아 헤맸지만 찾지 못했고, 이렇게까지 했는데도 찾지 못했으니 결국 앞으로도 찾을 수 없다고 생각했어."

개비의 목소리는 어느덧 물기를 머금고 있었다.

그동안의 많은 일들이 머릿속을 스쳐 지나간 탓이었다.

전단을 돌려보기도 하고, 노숙자들의 커뮤니티를 이용해 포상금을 걸고 찾아보기도 했다.

처음 아버지를 닮은 사람을 봤다며 연락이 왔을 때 개비는 그 누구보다 두근대고 설레는 마음으로 연락이 온 사람을 만나러 갔었다.

긴장도 되었지만, 아버지를 찾았을지도 모른다는 설렘이 앞섰다.

하지만 제보한 사람이 말한 장소에 갔을 때 개비의 눈앞에는 그저 아버지와 조금 닮았을 뿐인 전혀 다른 사람이 있었다.

하지만 그럼에도 개비는 제보가 들어올 때면, 아버지와 닮은 사람을 발견했다는 얘기가 들릴 때면 혹시나 하는 마음에 기대했다.

그리고 언제나 그 기대는 보상받지 못한 채 점차 빛을 잃어 갔다.

그렇게 더 이상 과거에 머물러 있지 않겠다는 마음으로 결국 아버지를 찾지 않겠다고 말하기까지, 개비는 오랜 시간이 걸렸다.

그런데 모두 놓기로 마음먹은 그 순간.

생각지도 못한 사람 덕분에 아버지를 찾을 수 있었다.

지난 십여 년 동안 그리도 애타게 찾아 헤맸던 아버지를 찾았다는 소식을 들었을 때.

개비는 심장이 멎는 듯한 기분을 느꼈다.

도저히 쉬이 믿을 수 없는 상황이었기 때문이다.

하지만 지금 자신의 눈앞에 서 있는 도진은 자신보다 먼저 아버지를 만나 대화한 사람이었다.

아버지를 찾았다는 말을 듣고 아직 만나 보지 못한 개비와는 다르게, 이미 자신의 아버지와 대화를 나눠 본 사람.

물론 그 사실을 알지 못한 채 만나 대화를 나눈 거였을 테지만, 정말 자신의 아버지를 찾았다는 것을 사실이라고 말해 줄 수 있는 사람이 제 눈앞에 있었다.

개비는 도진에게 묻고 싶은 것이 많았다.

나의 아버지는 어떤 모습을 하고 있었는지.

지난 세월에도 여전히 빛나는 파란 눈을 지니고 있었는지.

무슨 말을 하고 어떤 생각을 하고 있었는지, 혹시 자신의 얘기를 하지는 않았는지.

하지만 그럼에도 도진에게 가장 먼저 해야 할 말은 따로 있었다.

그것을 알고 있었던 개비는 잠기는 목을 애써 가다듬으며 말했다.

"덕분에…… 덕분에 아버지를 찾을 수 있었어. 고마워, 도진."

그의 눈이 촉촉하게 빛났다.

"아니에요. 제가 한 게 뭐가 있다고. 그냥 정말 모두 우연이 겹쳤을 뿐인걸요. 그리고 제가 아니었더라도, 두 사람이 서로 만나고 싶어 하는 마음이 컸으니, 언젠가는 꼭 만나게 되었을 거예요."

개비는 그 말에 결국 글썽이던 눈물을 참지 못하고 점차 크게 훌쩍거리기 시작했고.

도진은 그런 개비의 어깨를 따뜻한 손길로 천천히, 그리고 부드럽게 토닥여 줄 뿐이었다.

너무나 보고 싶었던

돌아오는 휴일.

도진은 집을 나서기 전 마지막으로 거울을 보며 옷을 단정히 다듬은 뒤, 개비와의 약속 장소로 향했다.

휴일임에도 개비를 만나기 위해 발길을 옮기고 있는 이유는 휴일 바로 전날. 그가 부탁을 했기 때문이었다.

"도진, 혹시 민폐가 안 된다면 내일 아버지를 뵈러 갈 예정인데, 혹시 같이 가 줄 수 있어?"

도진은 그 말에 순수한 의문을 표했다.

"저랑 같이요? 왜요?"

거의 십여 년 동안 만나지 못했던 아버지를 만나러 가는 날.

굳이 자신에게 함께 가 달라고 하는 이유가 이해되지 않았다.

도진의 물음에 개비는 머쓱한 듯 웃으며 대답했다.

"긴장돼서. 너무 어릴 때 헤어졌으니까, 다시 만나면 무슨 말을 해야 할지도 모르겠고."

개비는 손끝을 만지작거리며 말을 덧붙였다.

"도진이 너는 이미 ……아버지를 만나 뵀으니까. 어떤 분인지, 무슨 얘기를 했었는지 궁금해서 얘기를 들어 보고 싶었어."

자신의 솔직한 마음을 털어놓는 것이 부끄러운 듯 보였다.

하지만 도진은 그런 개비의 마음이 어느 정도 이해가 되었다.

도진도 그랬던 경험이 있었기 때문이다.

전생의 기억을 가진 채 고등학생으로 되돌아왔을 때, 처음 가족들을 본 순간.

가족들에게는 분명 어제도 봤었을 도진이었지만, 도진은 아니었다.

누구보다 그립고 보고 싶었던 부모님과 여동생이었다.

솔직한 마음을 표현하는 것은 생각보다 어려운 일이었지만, 한번 가족들의 곁을 떠나 있었던 도진은 되돌아온 기회를 놓치지 않기로 했고.

이전보다 솔직한 감정들을 표현하며 가족들에게 자주 연락하곤 했다.

오죽하면 어머니가 국제 전화는 비싸니 이렇게 많이 연락하지 않아도 된다고 말할 정도였다.

도진은 개비에게 무슨 말을 해 주어야 할지 고민하며 빠르게 발을 옮겼고, 이내 약속 장소에 도착했다.

'천사의 쉼터' 근처 공원에서 만나기로 한 개비는, 공원 내 분수대 앞의 벤치에 앉아 있었다.

도진은 그에게 다가가 물었다.

"잘 잤어요?"

도진의 목소리에 개비는 푹 숙이고 있던 고개를 들었고, 이내 할 말을 잃었다.

개비의 눈 밑에는 검은 그림자가 가득 드리워 있었고 얼굴색은 거무죽죽하니 생기를 잃은 모양새였다.

입술은 또 어찌나 푸석한지, 각질이 잔뜩 일어나 있었다.

척 보기에도 긴장으로 한숨도 못 잔 사람의 모습이었다.

한숨을 푹 내쉰 도진은 걱정스러운 얼굴로 개비에게 물었다.

"그 몰골을 보아하니 잠은 한숨도 못 잔 것 같네요. 괜찮아요?"

"아냐, 괜찮아."

개비는 괜찮다고 말했지만, 그의 눈동자는 초점이 없었다.

도진은 그를 일으켜 세우며 말했다.

"일단 가요. 급식 봉사 끝나고 만나기로 했다면서요."

"어어, 맞지."

"밥은 먹었어요?"

"아니, 아직."

"아버지 뵈면 가장 먼저 무슨 말이 하고 싶어요?"

묻는 말에 무의식적으로 발을 옮기며 대답하던 개비는 도진의 마지막 물음에 그 자리에서 우뚝 멈춰 섰다.

함께 걷던 도진도 개비를 따라 제 자리에 멈춰 서서 잠시 그를 기다렸다.

그러고는 생각에 잠긴 듯 고민하는 모습을 보이더니, 이내 입을 열었다.

"무슨 말을 해야 할지 모르겠어. 너는 우리 아버지를 만났을 때 무슨 얘기를 했어? 어떤 분 같았어?"

개비의 물음에 도진이 '일단 가면서 얘기할까요?'라며 그를 이끌었다.

약속했던 시간이 다가오고 있었기 때문이다.

도진은 '천사의 쉼터'로 향하며 조심스럽게 입을 열었다.

"개비는 걱정되는 게 뭐예요?"

"……혹시나 내가 아버지를 괜히 찾은 게 아닌가 싶어서. 아버지는 내가 보고 싶지 않았을 수도 있잖아."

"그럴 리가요."

기가 죽은 표정으로 힘없이 말하는 개비의 모습에 도진이 고개를 저으며 말을 덧붙였다.

"저랑 대화했던 개비의 아버지는 아들을 그리워하고 있었어요. 잘 살고 있을지, 어떻게 자랐을지 궁금해하셨는걸요."

"정말?"

"물론이죠."

도진은 자신의 왼쪽에 서 있는 개비를 올려다보며 물었다.

"혹시 어릴 때 부모님이랑 링컨 센터에 가서 공연 봤던 거 생각나요?"

그 물음에 개비가 놀란 듯 되물었다.

"그걸 도진이 네가 어떻게 알아?"

"들었어요. 처음 뵌 날에요."

아버지의 기억 속에 개비는 여전히 작고 어린아이로 남아 있었다.

이렇게 장성한 아들의 모습을 보면 처음에는 조금 어색해할지도 몰랐다.

그러나 그는 여전히 자신의 아들을 사랑하고 있었고, 그리워했고, 함께해 주지 못한 시간에 미안한 마음을 가지고 있었다.

그렇기에 사실 개비가 무슨 말을 하든 상관없을 터였다.

그는 그저 개비가 꾸준히 자신을 찾아 왔고, 그리워했다는 사실만으로 큰 위안을 얻었을 터였다.

모든 걸 다 주고도 더 주지 못해 슬퍼하는 게 부모의 마음이라고 하지 않는가.

개비의 아버지는 자신과 함께 길에서 지내는 것보다 다른 가정에서 자신의 아들이 커 가는 것이 훨씬 더 좋으리라 생각했다.

그렇게 아이가 커 가는 것을 지켜볼 수 있는 가장 소중한 시간을 포기하면서 그가 잘 자라길 바랐을 터였다.

그런 아버지의 눈앞에 이렇게 잘 자란 아들이 나타난다면, 더 이상의 말이 필요하겠는가.

어쩌면 그냥 포옹 한 번으로도 충분할지 몰랐다.

도진은 생각이 많은 표정을 한 개비를 바라보며 말했다.

"그냥 개비의 마음을 솔직하게 말해 보는 게 어때요?"

"어떻게?"

"개비가 생각한 것들 그대로요. 원망도 있었고, 그리움도 있었겠죠. 하지만 개비는 여전히 아버지를 사랑하기 때문에 찾고 싶었던 게 아닌가요?"

도진의 말에 개비는 생각지도 못한 내용에 놀란 듯 눈을 치켜떴다.

"그래도 괜찮을까? 혹시나 상처받고 더 이상 나를 보고 싶어 하지 않는다면……."

평소의 당당하고 까칠하던 개비의 모습은 온데간데없었고, 한없이 움츠린 어린아이의 모습 같았다.

도진의 왼쪽에서 걷고 있는 그는 어린 시절, 자신을 타임 스퀘어에 내버려 둔 채 멀어지는 아버지의 뒷모습을 바라볼 수밖에 없었던 그때로 돌아간 듯했다.

도진은 그런 그의 어깨를 두드리며 '천사의 쉼터'의 문을 열었다.

"너무 걱정하지 말아요. 제가 본 개비의 아버지는 여전히 당신을 사랑하고 그리워하고, 미안해했으니까요."

개비는 도진의 말에 용기를 얻은 듯 크게 발걸음을 옮겼다.

문을 열고 들어선 도진과 개비를 맞이한 건 로잘리였다.

"왔어? 도진도 같이 왔네?"

"로잘리, 오랜만이네요. 잘 지냈어요?"

"물론이지."

도진의 물음에 로잘리는 환하게 웃으며 대답했다.

그러고는 개비를 잡아끌며 말했다.

"자, 개비. 얼른 따라와. 아버지 기다리고 계셔."

그녀의 말에 개비는 고개를 끄덕이며 그녀가 이끄는 대로 이끌려 갔다.

누가 봐도 한껏 긴장한 모습이 틀림없었다.

도진은 그런 두 사람을 뒤따라가며 생각했다.

'너무 긴장한 것 같은데 저대로 괜찮을까?'

삐그덕대며 걷는 개비의 모습에 로잘리도 같은 걱정을 한 듯, 문 앞에 다다른 그녀가 개비의 어깨를 툭 치며 말했다.

"자, 심호흡 한번 하자. 숨 크게 들이마시고……."

개비는 그녀의 지시에 따라 크게 몇 번 심호흡을 한 뒤.

떨리는 손으로 문을 열었다.

안에는 희끄무레한 머리카락이 듬성듬성 보이는 중년 남성이 앉아 있는 뒷모습이 보였다.

천천히 발걸음을 옮겨 그에게로 다가가는 개비의 뒷모습을 보며, 로잘리가 문을 닫아 주었다.

그 모습을 지켜보고 있던 도진은 괜히 자신이 긴장이 되는 듯한 기분을 지울 수가 없었다.

"괜찮겠죠?"

"물론이죠."

도진의 물음에 대답하는 로잘리는 문에 나 있는 작은 창 안쪽을 바라보며 대답했다.

그 모습에 도진도 따라서 안을 바라보았고.

문 안쪽에는 뜨거운 포옹을 나누고 있는 부자의 모습이 보였다.

두 사람을 지켜보는 도진의 모습에 로잘리가 입을 열었다.

"우리는 이만 비켜 줄까요?"

"네, 그러는 게 좋을 것 같네요."

도진과 로잘리는 개비와 그의 아버지가 편히 대화를 나눌 수 있도록 자리를 비켜 주기로 했다.

로잘리는 도진이 쉴 수 있도록 휴게실로 안내하며 조심스럽게 입을 열었다.

"도진, 정말 고맙다는 말 하고 싶어요."

"아니에요, 제가 뭘 했다고."

"하지만 정말 도진이 아니었으면 이렇게 개비의 아버지를 찾지 못했을지도 몰라요. 중요한 단서를 준 것도 모자라서 찾으러 가는 것까지 동행해 줬잖아요. 고맙다는 인사를 받아도 충분하죠."

로잘리의 진심이 담긴 인사에 도진이 머쓱해하며 웃었다.

"그렇게까지 말해 주시니 제가 민망한걸요."

"도진, 식사는 했어요? 괜찮으면 제가 맛있는 식사 한 끼 대접하고 싶은데 어때요?"

"아직 식사 전이기는 한데……."

도진은 로잘리의 말에 잠시 머뭇거리다가 물었다.

"그 혹시, 개비의 아버지는 식사를 하셨을까요?"

"안 드셨어요. 긴장돼서 아무것도 못 먹겠다고 하시면서 물만 몇 잔 연거푸 들이켰죠."

로잘리는 도진의 물음에 대답하며 궁금하다는 듯 물었다.

"그런데 그건 왜요?"

"그럼 혹시 로잘리의 식사 대접은 다음으로 미루고, 제가 주방이랑 안에 있는 재료들을 좀 빌려 써도 될까요?"

"뭐 하려고요?"

도진은 로잘리의 물음에 씩 웃으며 대답했다.

"개비도 긴장돼서 어제 한숨도 못 자고, 밥도 제대로 못 먹은 것 같더라고요."

그러고는 익숙한 듯 주방으로 발길을 옮기며 말을 덧붙였다.

"두 사람 분명 얘기 끝나고 나오면 배고플 것 같으니까, 뭐라도 좀 만들어 볼까 싶어서요."

로잘리는 그런 도진의 말에 감동한 듯 그를 뒤따라가며 말했다.

"정말 도진은…… 제가 뭐라도 도울 게 없나요?"

"뭐든 도와주시면 감사하죠."

"저도 무료 급식 짬밥이 있으니, 뭐든 말만 해요! 도진이나 개비만큼은 아니어도 요리는 어느 정도 자신 있다고요!"

자신만만하게 미소 지으며 말하는 로잘리의 모습에 도진이 미소를 지으며 말했다.

"일단 냉장고에 재료부터 확인해 볼까요?"

"좋아요."

마음이 맞은 두 사람은 빠르게 발걸음을 움직여 주방으로 향했고.

이내 냉장고 앞에 선 도진은 안에 남아 있는 재료들을 체크하며 말했다.

"오늘 메뉴 중에 햄버그가 있었나 봐요."

"맞아요. 어떻게 알았어요?"

"간 고기가 있길래요. 이거면 될 것 같아요."

도진은 남아 있던 소고기와 돼지고기 다짐육을 가장 먼저 집어 들었고, 양파와 토마토 등 부가적인 재료들을 꺼내기 시작했다.

도진이 미트볼 스파게티를 만들고자 한 것에 별다른 이유는 없었다.

그저 너무 오랜 시간 동안 떨어져 지내 서로가 기억하는 모습과는 너무 달라진 모습에 어색해할 그들에게 익숙한 요리를 만들어 그때의 기억을 떠올릴 수 있게 해 주고 싶기 때문이었다.

지난 휴일, 개비와 함께 이곳에서 요리를 하며 많은 이야기들을 들었다.

그중에는 개비의 아버지가 만들어 주셨다는 미트볼 스파게티에 대한 이야기도 있었다.

어머니가 일이 있어 외출을 하시게 되면 종종 둘만 남곤 했는데, 그날은 식사 담당은 아버지였다고 말했다.

다른 집안일들은 곧잘 하던 아버지였지만 요리만큼은 영

재능이 없었는지, 여러 요리를 만들어 주셨지만 모두 그다지 맛이 좋지는 않았다고 했다.

가장 쉽고 간단한 팬케이크마저 태워 먹곤 해서 오죽하면 어린 개비가 더 잘 구울 정도였다고 하니.

보지 않아도 그의 요리 실력은 뻔했다.

그런 와중에 아버지가 유일하게 잘하던 요리가 하나 있었는데, 그게 바로 미트볼 스파게티였다고 말했다.

물론 시판 미트볼을 익혀 시판 토마토소스를 넣고 만든 간단한 요리였지만, 개비는 그 스파게티가 가끔 떠오르곤 한다며 말했었다.

일정한 크기의 미트볼과는 대비되는 삐뚤빼뚤하게 썰린 양파는 골고루 익지 않아 어떤 것은 *캬라멜라이징(*당이 열처리가 되면서 일어나는 반응으로 당이 녹아서 갈색 또는 검은 색상을 띄게 되는 것.) 되어 갈색을 띠고 있었지만, 어떤 것은 너무 두꺼워 여전히 희끄무레한 색을 하고 있었다며 회상하던 개비의 얼굴에는 미소가 가득했다.

그래서 도진은 이번에는 두 사람이 함께 그때를 떠올릴 수 있도록, 미트볼 스파게티를 만들기로 마음먹은 것이었다.

개비의 아버지가 정확히 어떤 레시피로 만들었을지는 모르지만, 시판 소스와 미트볼을 사용했다면 분명 익숙한 맛을 내기 쉬웠을 터였다.

다만 '천사의 쉼터'의 주방에는 시판 스파게티 소스도, 시판 미트볼도 없다는 게 문제였다.

다행히 냉장고에는 돼지고기와 소고기 다짐육이 있었고, 토마토도 있었다.

그냥 스파게티를 만든다면 토마토만 사용해도 괜찮았다.

하지만 시판 소스가 내는 감칠맛을 따라잡는 것은 쉽지 않을 터였다.

도진은 잠시 고민하다가 로잘리에게 물었다.

"혹시 토마토 스파게티 소스는 없겠죠?"

"없어요. 지난 메뉴 중에 파스타가 있어서 대용량으로 사다 놓은 게 있었지만, 이미 다 써 버렸거든요."

로잘리의 말에 도진이 아쉬운 표정을 짓자 그녀가 말을 덧붙였다.

"혹시 토마토 페이스트로는 안 될까요? 그거라면 한두 캔 정도는 남아 있을 거야."

"정말요?"

도진은 안도의 한숨을 내쉬며 말했다.

"근처의 식료품점이라도 다녀와야 하나 고민했는데, 다행이네요. 그건 어디 있어요?"

로잘리가 냉장고 옆 수납장에서 토마토 페이스트 캔을 꺼내 도진에게 건넸다.

"여기요. 제가 도와줄 건 없나요?"

"이따 미트볼 모양 잡을 때 도와주세요."

그렇게 말한 도진은 파와 양파를 씻어 조리대로 돌아왔다.

'우선 대파를 먼저 다져 놓고…….'

도진은 도마 위에 대파를 올려놓고 흰 뿌리 부분을 잘게 다지기 시작했다.

그 모습에 로잘리가 궁금하다는 듯 물었다.

"위쪽은 안 쓰고 아래쪽인 흰 부분만 쓰는 건가요?"

"네, 맞아요."

"왜 그런 거예요? 무슨 차이가 있나요?"

로잘리의 물음에 도진은 대파를 채 써는 것에 신경을 집중한 채 대답했다.

"위쪽은 좀 질기거든요. 이 아래쪽인 흰 부분은 아삭한 식감을 가지고 있는데 파 향이 풍부해서 고기의 잡내를 잡아 주기에도 좋고, 단맛이 은은하게 올라와서 이렇게 쓰기 좋아요."

채 썰어 낸 대파를 큰 유리 볼에 넣은 뒤 소고기와 돼지고기를 일대일 비율로 넣은 뒤 다짐육들과 대파가 잘 섞일 수 있도록 주걱을 가지고 휘저었다.

그리고 후추와 굴 소스, 소금과 설탕으로 적당히 간을 한 뒤, 파슬리와 그라노파다노 치즈를 갈아 넣고 마지막으로 계란과 빵가루 적당량을 넣은 뒤.

모든 재료가 잘 섞일 수 있도록 힘차게 섞었다.

로잘리는 멍하니 그 과정을 지켜보고 있었다.

"정말 뚝딱뚝딱 만들어 내는 것 같아요."

"반죽이야 간만 잘 맞추면 생각보다 쉬운걸요. 미트볼은 속까지 잘 익혀야 해서 굽는 게 어려워요."

반죽을 섞으며 로잘리의 말에 대답해 주던 도진은 이내, 주걱으로 반죽을 몇 번 더 휘적거렸다.

'이 정도면 잘 섞인 것 같은데……'

도진은 불을 켜고 팬을 달군 뒤, 식용유를 넣고 그 위에 반죽을 조금 떼어 내 팬 위에 올렸다.

달궈진 팬 위에서 지글거리며 익기 시작한 미트볼 반죽은 금세 맛있는 향을 풍기기 시작했고.

그 냄새는 로잘리의 식욕을 자극하기에는 충분했다.

"왜 저렇게 굽는 건가요? 설마 이대로 끝은 아니겠죠?"

"당연히 아니죠. 아직 모양을 잡지 않았으니 미트볼이라고 할 수 없죠."

도진은 젓가락으로 반죽을 뒤집으며 말을 이었다.

"지금 이건 그냥 간을 보기 위해 조금 구워 본 거예요. 이렇게 간을 맞추면 실패할 일이 없죠."

미트볼 반죽의 냄새는 자극적이었다.

고기의 묵직한 육향이 코끝을 간질였고, 결국 저도 모르게 침을 꼴딱 삼킨 로잘리는 저도 모르게 깜짝 놀라 입을 틀어막았다.

침을 삼키는 소리가 생각보다 더 크게 났기 때문이다.

하지만 이제 와서 입을 가린다고 그 소리가 없었던 일이 되지는 않았다.

도진은 로잘리의 침 삼키는 소리에 미소를 지으며 물었다.

"저 대신 로잘리가 한번 시식해 주세요."

로잘리는 민망한 듯 볼을 붉히며 말했다.

"정말 그래도 되나요? 간을 맞추기 위한 거였다면서요."

"괜찮아요. 조금 더 구워서 맛보면 되죠. 로잘리가 먼저 먹어 주세요."

"그럼, 사양하지 않고……"

로잘리는 작은 그릇을 가지고 와 도진이 맛있게 구워 낸 미트볼 반죽의 조각을 받아 들었다.

포크를 이용해 조심스럽게 반을 가르자 흐르는 육즙에 로잘리는 더 이상 참지 못하고 급하게 미트볼을 입에 넣었다.

그녀는 몇 번 우물대는 듯하더니 이내 입안에서 사라진 미트볼에 아쉬움을 숨길 수 없는 듯 도진을 바라보며 물었다.

"하나만 더 구워 주면 안 되겠죠?"

도진이 웃으며 대답했다.

"안 될 리가요."

그녀의 반응으로 보아하니, 미트볼의 간은 완벽한 듯했다.

한편.

도진과 로잘리가 미트볼을 만드는 사이.

개비는 너무나 많이 바뀌어 버린 아버지를 처음 본 순간.

무슨 말을 해야 할지 모두 잊어버렸다.

아버지가 기다리고 있는 이곳까지 도진과 함께 걸어오면서, 그가 해 주었던 말을 생각하며 무슨 말을 해야 할지 고민했었다.

하지만 문에 난 작은 창으로 보이는 아버지의 모습이 보이자 머릿속이 새하얘졌다.

듬성듬성 흰머리가 난 아버지의 뒷모습은 너무도 왜소해 보였다.

어린 시절 항상 듬직하고 커 보였던 자신의 기억 속의 아버지와는 달라도 너무나도 달랐다.

그러나 곧게 편 등허리의 바른 자세는 여전했다.

개비가 조심스럽게 문을 열고 들어서자, 달각하는 소리에 인기척을 느낀 아버지가 천천히 자리에서 일어났다.

뒤를 돌아선 아버지의 얼굴은 예전보다 조금 더 주름졌고, 조금 더 푸석해 보였다.

하지만 여전히 어린 시절, 개비가 기억하는 그 얼굴 그대로였다.

개비는 정말 오랜 시간, 입 밖으로 꺼내고 싶었던 단어를 머뭇거리다 입에 올렸다.

"……아버지?"

그 말에 개비의 아버지는 멈칫하더니 울컥한 듯 고개를 푹 숙이고 한 손으로 얼굴을 감쌌다.

고개를 숙인 탓에 얼굴이 보이지 않았지만, 그가 애써 울음을 참고 있다는 것은 알 수 있었다.

그 모습에 개비는 알 수 있었다.

'나만 아버지를 그리워했던 게 아니었어.'

아버지도 자신을 그리워했다는 것을.

조금씩 들썩이기 시작하는 어깨에 개비는 천천히 아버지에게 다가가 그의 어깨를 감싸 안으며 말했다.

"보고 싶었어요."

그 말에 애써 참고 있던 아버지의 울음소리가 입가로 새어 나오기 시작했다.

아버지는 애써 진정하며 떠듬떠듬 물었다.

"내가…… 원망스럽지는 않았니?"

그 물음에 개비가 잠시 생각에 빠졌다.

원망스럽지 않았다면 거짓말일 것이었다.

가장 처음 아버지가 자신을 버리려 한다는 것을 알았을 때.

처음엔 이해할 수 없었다.

왜 이렇게 자신을 홀로 두고 가는지, 자신이 아버지에게 짐이 되었는지.

만약 그런 것이었다면 자신이 조금 덜 투정 부리고 지금보다 덜 먹을 테니 제발 자신을 데리고 가 달라고 떼쓰고 싶었다.

그러나 개비는 멀어지는 아버지를 따라갈 수 없었다.

자신에게 '꼭 여기 가만히 서 있어야 해.'라고 말하던 아버지의 눈에도 이미 물기가 가득했기 때문이다.

그리고 개비는 그 자리에 서서 울기보다는 멀어지는 아버지의 뒷모습을 기억하기 위해 애썼다.

얼굴이 새빨갛게 달아오를 때까지 차오르는 눈물을 애써 참으며 저 멀리 점이 되어 가는 아버지의 모습을 조금이라도 더 오래 지켜봤다.

아버지의 말을 잘 듣는 아들이 된다면, 언젠가 그가 데리러 올지도 모른다는 생각 때문이었다.

하지만 아버지는 결국 자신을 찾으러 오지 않았다.

몇 해가 지나고 몇 번의 위탁 가정을 거쳐 가면서도 자신을 찾는 아버지의 연락은 찾을 수 없었고, 그뿐 아니라 아버지의 존재 자체를 찾기가 힘들었다.

마치 존재하지 않았던 것처럼 사라져 버린 아버지가 원망스러웠다.

하지만 혼자서 천천히 생각해 보자, 개비의 머릿속에 떠오른 것은 눈물이 차오른 채 자신에게 마지막 당부를 남기던 아버지의 눈동자.

그리고 멀어지면서도 몇 번이나 뒤를 돌아보던 발걸음.

저 멀리서 경찰들이 자신을 찾으러 올 때까지 한참이나 무릎을 꿇고 몸을 웅크린 채 기다리던 그 모습이었다.

신고를 받은 경찰들이 자신을 찾으러 온 순간.

"아버지는 어디에 있니?"

그들의 물음에 개비는 드디어 울음을 터트리며 아버지가 있던 곳을 손가락질하며 가리켰다.

하지만 그 손가락 끝에 아버지는 이미 흔적도 없이 사라진 채였다.

그때는 경찰이 오자마자 순식간에 사라져 버린 아버지가 원망스러웠지만, 시간이 흐른 뒤에는 개비도 알 수 있었다.

그곳을 떠나던 아버지의 발걸음이 그리 쉽게 떨어지지 않았으리라는 것을.

자신을 위해 그런 선택을 했다는 것을 이제는 알고 있었다.

그렇기에 개비는 아버지에게 말할 수 있었다.

"원망하지 않았다면 거짓말이라고 생각해요. 하지만……."

당신이 나를 놓고 간 것이 그때 당신이 할 수 있었던 최선이었다는 것을, 이제는 알고 있다고.

자신을 그렇게 보낸 뒤.

홀로 남았을 당신의 잠자리가 하루도 편할 날이 없었다는 것을 알고 있다고.

자신이 당신을 그리워하던 만큼 당신도 자신을 그리워했

으리라는 것을 알고 있다고.

많이 보고 싶었다고 솔직한 심정을 말하고 싶었다.

그러나 너무 많은 감정이 한꺼번에 몰아친 탓일까.

목구멍에서 턱 막힌 말에 개비는 쉽사리 입을 열 수가 없었다.

하지만 말해야만 했다.

개비는 아버지의 어깨를 토닥이며 애써 입을 열었다.

"너무 그리웠어요."

많은 의미가 담긴 말이었다.

토해 내듯 겨우 한마디를 내뱉은 개비의 눈가에는 이미 눈물이 흐르고 있었다.

<hr>

개비와 아버지는 한참이나 서로를 부둥켜안은 채 눈물을 흘렸다.

개비는 자신의 품에 안긴 아버지의 왜소한 체격이 지난 세월의 고생을 보여 주는 것 같아 마음이 아파 울었고.

아버지는 자신을 안아 주는 아들의 넓은 품에 이렇게 클 때까지의 세월을 함께해 주지 못한 미안함에 울었다.

그렇게 한동안 눈물을 흘리던 두 부자는 어찌나 울었는지 눈이 벌게진 뒤에야 겨우 눈물을 닦으며 서로의 품을 벗어났다.

개비는 눈가에 물기를 옷소매로 대충 닦으며 말했다.

"일단 앉을까요?"

"그래, 그러자꾸나."

개비와 아버지는 어색하게 마주 앉아 서로를 바라보았다.

누군가의 앞에서 이렇게 울었던 게 어린 시절을 제외하고는 너무 오랜만이라 어색함을 감출 수 없었던 개비는 머쓱하게 아버지를 바라보고, 이내 웃음을 터트릴 수밖에 없었다.

자신의 눈앞에 앉은 아버지 또한 별반 다를 것이 없어 보였기 때문이다.

토끼처럼 빨갛게 충혈된 눈동자 두 쌍은 결국 서로를 마주 보며 웃음을 터트렸다.

그렇게 울다가 웃은 두 사람이 겨우 감정은 진정시킨 뒤, 개비가 아버지에게 물었다.

"지금은, 어떻게 지내고 계신 거예요?"

"하루 벌어 하루 먹고사는 일용직으로 일하고 있단다. 겨우 입에 풀칠할 정도지."

"집은요?"

"좋은 사람을 만나 건물을 조금씩 관리해 주는 대신 적은 월세로 방을 하나 빌려서 지내고 있지."

아버지의 말에 개비가 침음을 흘렸다.

자신이 잘 지내는 동안 고생이란 고생은 다 하셨을 아버지

천재셰프
회귀하다

의 모습이 눈에 선하게 그려졌기 때문이다.

"어떤 분이세요?"

"나보다 나이가 좀 더 많은 늙은 노부부야. 그들이 가지고 있는 낡은 빌라 건물에 문제가 생기면 관리도 하고, 청소도 하며 적은 월세로 작은 단칸방에 살고 있단다."

자신의 처지가 부끄러운 듯 손을 마주 잡아 비비적거리며 말하는 아버지의 모습에 개비의 시선은 자연스럽게 아버지의 손으로 향했다.

예전과는 확연히 다르게 한눈에 보아도 거칠고 푸석한 손이었다.

그동안 아버지가 어떤 시간을 보내며 살아왔는지 알 수 있었다.

'혼자서 다시 시작하기까지, 많이 힘드셨겠지……'

개비가 한숨을 폭 내쉬며 물었다.

"언제부터 거기서 지내신 거예요?"

"어디 보자……"

그 물음에 아버지는 잠시 숫자를 세는 듯 손가락을 접다가 이내 대답했다.

"그게 벌써 14년 전이구나."

개비는 아버지의 말에 고개를 끄덕이다 문득 의문이 들었다.

완전히 안정적인 생활은 아니었지만, 완전한 길거리 생활은 아니었다.

조금 불편할 테지만 함께 지낼 공간도 있었고, 아예 수입이 없었던 것은 아니니 분명 자신을 찾을 수 있을 터였다.

하지만 아버지는 한 번도 개비를 찾아온 적이 없었다.

그렇기에 자연스럽게 떠오른 생각에 개비는 조심스럽게 아버지에게 물었다.

"아버지는, 왜 저를 찾지 않으신 거예요?"

그 말에 개비의 아버지는 잠시 놀라 눈을 크게 떴다가 이내 고개를 숙여 자신의 손톱 끝을 뜯으며 입을 열었다 닫기를 반복했다.

무언가 할 말이 있는 모습이 분명했다.

그러나 쉬이 입을 열지 않는 아버지의 모습에 답답함을 느낀 개비가 다시 그에게 물었다.

"정말 한 번도 저를 찾을 생각을 하지 않으셨어요? 정말 저를 버릴 생각이셨나요?"

그 말에 아버지가 놀라 크게 고개를 내저으며 말했다.

"그럴 리가! 내가 너를 버리다니. 나는 정말 네가 내 곁에 있는 것보다는 다른 평범한 가정에서 자라는 게 더 좋을 거라고 생각했어."

"그러면 왜 한 번도 저를 찾지 않으신 건가요?"

조금의 원망이 섞인 목소리였다.

그에, 아버지가 조심스럽게 입을 열었다.

"사실, 딱 한 번. 너를 찾으려고 했던 때가 있었단다."

개비는 그 말에 놀라 눈을 번쩍 뜨며 말했다.

"말도 안 돼! 저는 그런 얘기는 한 번도 들은 적 없어요!"

"물론 들은 적 없겠지. 내가 말하지 말아 달라고 했으니까."

아버지는 그때를 떠올리듯 천천히 입을 열었다.

14년 전.

그러니까 개비가 위탁가정에 맡겨진 지 일 년이 조금 안 되었을 시점이자, 그의 아버지가 작고 낡았지만 길 위가 아닌 방에서 지내게 되었을 때.

아버지가 가장 먼저 한 것은 다름 아닌 개비의 행방을 찾는 것이었다.

당시 자신의 아들을 데려갔던 경찰이 근무하는 서에 가서 해당 사건에 대해 물어보았다.

하지만 담당자는 서류를 찾는 시늉만 하고 빠르게 답을 주지 않는 답답한 일 처리에 결국 참지 못하고 본인이 직접 센터로 찾아가 물었다.

"혹시 여기 작년에 개비라는 여덟 살 남아가 들어온 적이 있습니까? 지금은 아홉 살일 겁니다."

그의 물음에 센터에서는 찾아보겠다며 그를 한두 시간 정도를 기다리게 했다.

그때 당시 아버지는 이곳도 경찰서의 일 처리와 별반 다르지 않다고 생각했다.

"분명 처음에는 30분이면 된다고 하더니, 얼마 되지 않아 한 시간, 그리고 또 두 시간, 두 시간 반쯤 지났을 때는 그냥 돌아가야 하나 고민했어."

결국 기다리다 못한 아버지가 다른 곳에 가서 물어야 할까 고민에 빠진 순간.

"그때 내 문의를 처리하던 담당자가 다가와서 서류 하나를 주며 이 아이가 맞냐며 묻더구나."

그래픽이 깨진 데다가 작은 사진이라 알아보기 힘들었지만, 아버지는 그 서류를 보자마자 한눈에 알아볼 수 있었다.

"누가 봐도 그 사진은 너였어."

그렇게 아버지는 자신이 이 아이의 아버지라는 것을 밝히고 몇 차례의 간단한 질의응답을 한 뒤, 간곡히 부탁해서 당시 개비가 지내던 위탁가정의 주소를 받을 수 있었다.

"원래는 이렇게 주면 안 되는 건데 내가 하도 울고불고 무릎까지 꿇으며 매달리니 주는 거라면서, 아무한테도 말하지 말라고 말하는데 어찌나 고맙던지……"

머쓱하게 말하는 아버지의 모습에 개비는 어떻게 표현해야 할지 모를 감정에 휩싸인 채 물었다.

"그렇게 애써서 주소까지 받아 놓고는, 왜 저를 데려가지 않으신 거예요?"

"거기 있는 네가 행복해 보였거든."

그때를 떠올리듯 아버지는 눈을 감고 천천히 입을 열었다.

"내가 찾아간 그 집은 한눈에 보기에도 화목한 가정처럼 보였고, 그 안에서 너는 웃고 있었지. 그래서 차마, 너를 데려와야겠다는 생각조차 못 했어."

아버지가 씁쓸한 미소를 지으며 말을 덧붙였다.

"그때는 지금보다 더 힘들게 살았었으니 내 욕심 때문에 너를 그곳에서 데려온다고 해도, 그곳에서보다 너를 더 행복하게 만들어 줄 수 없을 거라고 생각했다. 그래서 차마……."

목이 멘 듯 더 이상 말을 잇지 못하는 아버지의 모습에 개비도 덩달아 말을 잇지 못했다.

자신을 찾았을 것이라고는 생각조차 못 했다.

그리고 자신을 보고 갔을 것이라고는 더욱더 예상하지 못한 일이었다.

"아버지가 저를 찾았었다면 분명 제 담당자였던 로잘리가 알고 있었을 텐데, 왜 몰랐을까요?"

"로잘리가 나를 찾아왔던 그 사람이 맞지? 나는 그 사람이 네 담당인 줄은 몰랐구나. 아마도 내가 그녀 이전에 너를 담당하던 사람을 봤던 것 같아."

그 말에 개비가 잊고 있었던 기억을 떠올리고는 고개를 주억거렸다.

"아, 맞아요. 제일 처음 맡겨졌던 위탁가정에서 되돌려 보내진 뒤, 담당자가 한번 바뀌었던 적이 있어요."

"네가 잘 지내는 것을 보고 난 뒤, 나는 다시 센터로 돌아가 너에 대해 알려 줬던 사람에게 다시 한번 간곡히 부탁했단다. 제발 내가 너를 찾았다는 것을 기록에도 남기지 말고, 아무에게도 알리지 말아 달라고."

"그래서 그 이후에 저를 맡았던 로잘리가 아버지에 대해 몰랐던 거군요."

이제야 퍼즐이 맞춰진 듯한 기분에 개비는 마음이 한결 후련해짐을 느꼈다.

하지만 아버지는 여전히 표정이 좋지 않았다.

그 모습에 개비가 아버지에게 물었다.

"왜 그렇게 표정이 안 좋으세요?"

"다른 게 아니라……."

머뭇거리던 아버지는 고개를 들어 개비를 똑바로 바라보며 물었다.

"맡겨졌던 위탁가정에서 되돌려 보내졌다니, 그게 무슨 말인지 얘기해 줄 수 있겠니?"

아버지의 생각지도 못한 물음에 개비가 멈칫했다.

숨길 수 있다면 숨기려고 했던 일이었다.

이 일을 알게 된다면 아버지가 더욱 자신을 자책할 것이 분명했기 때문이었다.

하지만 이미 어느 정도 눈치챈 듯한 아버지의 눈빛에 결국 개비는 솔직히 말하기로 마음먹었다.

"말 그대로예요. 처음 맡겨졌던 위탁가정에서 센터로 되돌아왔어요."

쉽지 않은 얘기에 개비는 숨을 천천히 고르고는 다시금 입을 열었다.

"사실은 한 번이 아니었죠. 꽤 여러 번이었어요. 모두 각자의 사정들이 있었죠. 그중에는 정말 좋은 사람들이었지만 어쩔 수 없는 일로 되돌아온 때도 있었고, 아니면 정말 지원금을 노린 쓰레기 같은 사람들도 있었어요."

"그런……."

"처음에는 상처받기도 했지만, 어쩔 수 없는 이유라는 것도 있으니까요. 저는 괜찮아요."

개비의 말에 아버지는 적잖이 놀란 듯했다.

그리고 한껏 침울해지는 아버지의 표정에 개비는 한숨을 푹 내쉬며 말을 덧붙였다.

"너무 자책하지 마세요. 그런 일들이 있었지만 저는 좋은 사람들을 많이 만났고, 덕분에 번듯한 직업도, 비록 월세지만 지낼 수 있는 집도 있는걸요."

"하지만 내가 만약 그때 너를 데리고 왔다면……."

그런데도 여전히 아버지는 자신을 자책하는 듯한 표정을

짓고 있었기에, 결국 개비는 정말 하지 않으려고 마음먹었던 이야기를 꺼냈다.

"사실 저, 이제는 더 이상 아버지를 찾지 않을 생각이었어요."

그 말에 아버지의 표정이 조금 굳었지만, 개비는 말을 멈추지 않았다.

"더 이상 찾을 수 없을 것 같았거든요. 지난 몇 년간 로잘리도 저도 정말 고생하면서 아버지를 찾았지만……."

개비는 지난 시간을 떠올리며 한숨을 푹 내쉬었다.

"아무리 해도 도무지 단서조차 찾기가 힘들더라고요. 본 것 같다고 연락이 온 이들은 모두 비슷한 사람이었을 뿐이고요. 그때마다 저는 혹시나 하는 마음에 설레고 또 실망하기를 반복했어요."

"내가 미안하구나."

"아버지에게 사과받으려고 하는 말이 아니에요. 그럴 때마다 제 주변에는 저를 위로해 주는 사람들이 있었는걸요."

개비는 맞은편에 앉은 아버지의 거친 손을 잡으며 말했다.

"그리고 결국 이렇게 만났잖아요. 그냥 저한테는 저를 도와주는 사람들이 많았다는 걸 말하고 싶었을 뿐이에요. 제가 행복하기를 바라는 사람들이요."

자신을 도와줬던 이들을 떠올리며 말하는 개비의 입가에는 미소가 지어져 있었다.

"쌤쌤인 거예요. 제가 아버지를 찾는 걸 포기하려 했던 거랑, 아버지가 저를 보고도 그냥 되돌아갔던 거."

개비는 아버지의 양손을 맞잡고 눈을 맞추며 말했다.

"그러니까, 너무 자책하지 마세요."

그 말에 아버지의 눈가에 눈물이 고이려는 찰나.

누군가가 몇 번의 노크를 하며 문을 열자, 익숙한 듯 맛있는 냄새가 두 사람이 있는 공간으로 스며들어 왔다.

그에 문 쪽으로 시선을 돌린 개비와 아버지의 앞에 선 것은 다름 아닌 로잘리와 도진이었다.

도진은 양손에 쥐고 있던 접시를 개비와 아버지의 앞에 각각 내려놓으며 말했다.

"자, 배도 고프실 텐데 식사 먼저 하시죠."

그 말에 자신들의 눈앞에 놓인 접시 위에 담긴 음식을 확인한 개비와 아버지는 고개를 들어 서로를 바라보며 미소를 지으며 동시에 입을 열었다.

"잘 먹겠습니다."

너무나도 익숙한 향기의, 그리웠던 미트볼 스파게티였다.

만남과 이별, 그리고 새로운 만남

평화로운 오후.

'르 베르나르댕'은 오늘도 정신없이 바쁜 런치를 지나 브레이크 타임을 맞이했다.

마지막 손님까지 나간 것을 확인한 주방 직원들은 아무런 사건 사고 없이 런치를 보냈다는 것에 안도의 숨을 내쉬었고.

무사히 디너까지 마무리할 수 있도록 바쁘게 다음 타임에 대한 재료 준비를 마친 뒤, 식사를 시작했다.

간단하게 준비된 끼니에 요리사들은 한 손에는 그릇을, 그리고 한 손에는 수저를 든 채 저마다 편한 자세로 식사를 시작했다.

평소와 다름없는 하루의 모습이었다.

개비는 그렇게 생각했다. 도진의 말을 듣기 전까지.

"뭐? 관둔다고?"

"네. 조만간 그렇게 될 것 같아요."

"그게 무슨 말이야? 이렇게 갑자기?"

태평한 도진의 말에 개비는 자신이 들은 게 맞는지 다시 한 번 더 확인하듯 물었고.

"슬슬 관둘 때가 됐죠."

도진은 여전히 태연하게 대답할 뿐이었다.

"너 제정신이야? 여기가 어딘지 잊어버린 건 아니지?"

'르 베르나르댕'은 뉴욕 맨하탄에서 제일 유명한 파인다이닝이었다.

오랜 시간 한 자리를 지키며 별 세 개를 유지한 미슐랭 쓰리 스타의 파인다이닝.

그 명성에 매년 많은 이들이 이곳을 찾았다.

여러 번의 예약 문의 끝에 식사를 위해 방문하는 이들은 물론.

이곳에서 일하고 싶어 이력서를 넣는 이들이 수없이 많았다.

그런데 어디선가 갑자기 나타난 도진은 다른 이들이 쉽게 얻지 못한 '르 베르나르댕'에서 일할 기회를 손쉽게 얻은 것은 물론이고 처음에는 꼬미로 일하기 시작했다.

그뿐 아니라 하나의 해프닝과도 같았지만 한 파트를 맡기까지 했다.

그런데 여기서 갑자기 일을 관둔다니?

개비는 도무지 이해할 수 없었다.

하지만 더 이해할 수 없었던 것은 다른 사람들의 반응이었다.

'다들 도진이 이렇게 갑자기 관둔다는데 왜 아무도 말리는 사람이 없지?'

마치 자신만 모르는 몰래카메라를 찍는 듯한 기분이었다.

어찌 되었든 개비는 도진이 이대로 관둬서는 안 된다고 생각했다.

도진은 자신의 아버지를 찾는 데 도움을 준 이였다.

은인과도 같은 존재였다.

그렇기에 도진이 자신에게 좀 더 좋은 선택을 하기를 바랐고, 개비의 입장에서는 도진이 지금 '르 베르나르댕'을 나가는 것은 좋지 않은 선택인 것 같았다.

"다시 생각해 봐. 남들은 다 여기 다니고 싶어서 안달인데, 이렇게 갑자기 관둔다는 게 말이 돼?"

다른 이들은 식사에 열중한 모습이었지만, 개비는 어느새 자신의 손에 들고 있던 접시와 수저를 내려놓은 채였다.

"왜 그렇게 갑자기 관둔다는 거야?"

한껏 진지한 얼굴로 말하는 개비의 모습에 다른 이들까

지 덩달아 진지한 표정이 되어 자기들끼리 수군거리기 시작했다.

물론.

"야, 우리 개비한테 말해 주지 않았었나?"

"기억 안 나요. 벌써 두 달도 전 일인걸요."

"저 반응을 보면 말 안 했었던 것 같은데, 그렇지?"

개비와는 전혀 다른 이유 때문이었지만.

하지만 아무리 그들이 그렇게 떠들어 대도 개비는 전혀 들리지 않는 듯 도진에게 말을 걸고 있었다.

도진이 관두지 않도록 하기 위해 무슨 말이든 쏟아 내 설득을 하려고 하는 듯했지만, 도진은 개비의 말을 한 귀로 듣고 한 귀로 흘리며 식사에 열중한 모습이었다.

그 모습을 지켜보고 있던 루카스가 조용히 웃음을 터트리며 옆에 선 스테판에서 말했다.

"분명 처음에는 도진을 엄청나게 경계했던 것 같은데, 그렇죠?"

"그러게. 지금은 누가 보면 거의 개비가 도진의 부모님이라도 되는 줄 알겠어."

"슬슬 말해 줘야 하는 거 아니에요?"

두 사람이 수군덕대는 소리에 개비는 그제야 고개를 돌려 스테판과 루카스를 바라보며 물었다.

"둘이 뭘 그렇게 쑥덕거려?"

그러자 언제 그랬냐는 듯 시선을 회피하는 두 사람의 모습에 개비는 무언가 잘못되었다는 것을 느끼고 다른 이들을 돌아보았다.

다른 이들도 시선을 돌리며 식사를 마무리하고는 하나둘씩 급히 자리를 떠나기 시작했다.

"뭐야? 뭔데?"

도무지 이유를 알 수 없었던 개비는 고개를 획획 돌리며 대답이 돌아오지 않는 질문만 던져 댔고.

그 모습에 식사를 마친 도진은 다시금 개비의 손에 수저와 그릇을 쥐여 주며 말했다.

"원래 관두려고 했어요. 처음 들어올 때부터 오래 일할 생각도 없었는걸요."

개비는 도진의 말에 충격받을 수밖에 없었다.

다른 이들의 반응을 보아하건대, 자신만 몰랐던 사실임이 틀림없어 보였기 때문이다.

"뭐야, 나만 몰랐던 거야?"

억울하다는 듯한 개비의 표정에, 옆에서 지켜보고 있던 루카스가 말했다.

"도진이 정식으로 일하기로 한 날 다 얘기한 거야. 잠깐 머물다 갈 손님이라고."

"근데 왜 나한테는 말해 주지 않았어?"

"바빠서 까먹었지, 뭐."

"다들 너무해!"

억울하다는 듯한 개비의 반응에, 식사를 끝내고 그릇을 물에 담가 놓던 스테판이 루카스를 거들었다.

"그러게, 누가 그날 그렇게 맘대로 빠지래?"

"언제!"

"언제긴 언제야, 너 결근한 날 도진이 정식으로 처음 출근한 날이었잖아."

틀린 것 없는 스테판의 말에 결국 자신의 잘못을 인정한 개비는 고개를 푹 떨어트린 채 물었다.

"그래, 그날 안 나온 내 잘못이 맞지. 그래서, 결국 나 빼고 다들 알고 있었던 거야?"

"아마도요?"

"그러면 어디로 갈지도 이미 결정된 거야?"

개비의 물음에 도진이 잠시 스테판을 힐끔 바라보고는 대답했다.

"네. 스테판이 소개해 주신 곳으로 가 보려고요."

"거기가 어딘데?"

"밀 하우스(meal house)요."

도진의 태연한 대답에 멈칫한 개비는 이내 스테판과 도진을 번갈아 보며 표정을 굳혔다.

그리고 도진을 향해 무슨 말을 하려는 듯 몇 번 입을 끔뻑거리더니 차마 입을 열지 못하고는 스테판을 향해 고개를 획

들려 나지막이 물었다.

"정말 거기를 추천했다고?"

믿을 수 없다는 듯한 말투였다.

도진은 그 말에 어쩐지 불안감이 엄습해 오기 시작했다.

개비와 스테판이 시선을 맞춘 채 정적이 흐르는 가운데.

결국 참지 못한 도진이 입을 열었다.

"도대체 어떤 곳이길래 그래요?"

　도진이 스테판에게 다음 행선지를 추천받은 것은 불과 몇 시간 전이었다.

　출근하자마자 스테판을 찾은 도진은 줄곧 생각해 오던 말을 입 밖으로 꺼냈다.

　"슬슬 관둘 때가 된 것 같아요."

　"아니, 무슨 그런 말을 출근하자마자 해요?"

　스테판은 도진의 말에 당황스러운 듯한 표정을 지으며 물었다.

　"퇴근하면서 해도 바뀔 일은 없으니 빨리 말하는 게 낫지 않을까요?"

　"그것도 맞긴 하죠. 그럼 생각해 둔 퇴사 일자는 있어요?"

　"글쎄요. 언제가 좋을까요? 어차피 제가 관둔다고 해서 빈 자리가 생기는 것도 아니니까, 이번 주가 마지막 출근인 걸로 할까요?"

도진의 말에 스테판이 잠시 생각에 잠겨 벽에 걸린 달력을 바라보며 말끝을 흐렸다.

"나쁘지 않을 것 같은데……."

생각에 잠긴 듯 말을 잇지 않던 스테판은 이윽고 도진을 바라보며 물었다.

"그래도 좀 더 다니는 게 어때요?"

도진은 그 말의 의중을 파악하기 위해 스테판의 표정을 살폈다.

아쉬움이 역력한 얼굴이었다.

잠시 고민하던 도진은 이내 단호하게 대답했다.

"아니에요. 더 있으면 정말 여기서 계속 일하게 될 것만 같은걸요."

"그것도 나쁘지 않죠."

도진의 말에 대답하는 스테판의 얼굴에 화색이 돌았다.

진심으로 도진이 더 다녔으면 하는 것 같은 표정이었다.

그에 도진은 문득 궁금해져 스테판에게 물었다.

"스테판은 제가 여기서 더 일했으면 하는 건가요?"

생각지도 못한 질문이었던 것인지 스테판은 놀란 듯 눈을 크게 떴다.

"그런가 봐요. 그동안 함께 일하면서 정이 들기도 했고,

게다가 개비의 아버지도 찾아 줬으니……. 이대로 보내기는 아쉬운가 봐요."

스테판의 솔직한 말에 도진이 멋쩍게 대답했다.

"그렇게 생각해 주시니 고마운걸요. 하지만……."

정말 여기서 조금만 더 머물다 보면 어느새 일 년이 훌쩍 지나 있을 것만 같았다.

애당초 계획은 한 달 정도였는데, 벌써 두 달이 지나 버렸다.

"조금 더 조금 더 하다 보면 정말 계속 이곳에 머무르게 될 것 같아요."

그만큼 이곳은 도진에게 안식처 같은 곳이 되었다.

함께 일했던 이들은 짧은 시간이었지만 도진에게 너무도 좋은 기억을 심어 주었고, 미국에 도착해서 가장 처음으로 일하게 된 곳이 '르 베르나르댕'이어서 다행이라는 생각이 들 정도였다.

그도 그럴 것이 보통 이 정도의 파인다이닝이라면 모두가 예민한 상태였고 날 선 주방의 분위기에 가끔 숨 막히는 순간이 있을 법도 했다.

그러나 '르 베르나르댕'의 주방은 전체적으로 평화로운 분위기였다.

예민하고 날카로운 분위기의 주방도 잠시였다.

바쁜 시간이 지나고 분위기가 풀어지면 금방 다시금 화목

한 분위기로 돌아왔고, 화를 내더라도 이후에 바쁜 시간이 지나가면 왜 그렇게 화를 냈는지 알려 주는 곳이었다.

도진은 이렇게 친절한 주방이 있다는 것에 매우 놀랐다.

이 모든 것은 헤드 세프인 브라이언의 성격에서 비롯된 모습들이었고, 수 셰프인 스테판이 주방에서 일어나는 부조리들을 극도로 혐오했기 때문에 조성할 수 있었던 분위기였다.

이곳에서 도진은 적지 않은 것을 배웠다.

스테판과 브라이언이 직원들을 대하는 태도는 물론이고, 함께 일하는 동료들의 분위기에서 느껴지는 편안함.

과하게 사생활을 터치하지 않는 선에서 그들이 어떻게 유대감을 쌓아 가는지.

왜 다들 이곳에서 그리 오래 일하는 것인지에 대해 느낄 수 있었다.

하지만 아쉬워도 이제는 떠나야만 할 시간이었다.

"다음에 놀러 올게요."

단호한 표정으로 말하는 도진에 스테판은 못내 아쉬운 듯 입맛을 다셨다.

"그래요. 그렇다면 어쩔 수 없죠. 그럼, 다음 일정은 정해진 게 있나요?"

"미국에서는 1년 정도 있을 생각이었는데, 당장 다음 일정은 없어요. 우선 원래 계획했던 대로 다양한 맛을 좀 더 접해 보려고요."

천재셰프
회귀하다

"일은요? 쉬는 건가요?"

"아뇨. 그런 건 아닌데, 생각보다 일을 구하는 게 쉽지는 않아서요. 실력이 좋은 셰프님 밑에서 일해 보고 싶은데……"

도진의 말을 들은 스테판은 잠시 고민하는 듯하더니 물었다.

"실력만 좋으면 되는 건가요?"

"아무래도 그게 가장 큰 부분을 차지하기는 하죠."

"가게 분위기나 그런 건 중요하지 않은 거죠? 꼭 파인다이닝이 아니어도 괜찮아요?"

계속된 스테판의 물음에 도진은 고개를 갸우뚱하면서도 그의 말에 대답을 이었다.

"이미 이곳에서 파인다이닝은 한번 겪어 봤으니까 그냥 레스토랑이어도 괜찮을 것 같아요. 다양한 경험을 하고 싶어서 온 미국이니까요."

도진의 대답을 들은 스테판은 이윽고 천천히 고개를 끄덕이더니 이내 조심스럽게 입을 열었다.

"그렇다면 내가 한 곳을 추천해 줄 수 있을 것 같아요. 당장 사람이 좀 급한 곳이 한 군데 있거든요."

"어디인가요?"

"밀 하우스(meal house)입니다. 셰프님의 실력은 제가 보증할 수 있어요. 다만……."

스테판이 무슨 말을 덧붙이려다 이내 급하게 고개를 젓고는 입을 열었다.

"아닙니다. 도진 정도의 실력이라면 충분히 잘할 수 있을 것이라고 생각해요."

도진은 스테판의 반응이 마음에 걸렸지만, 굳이 묻지 않고 고맙다는 인사를 건네고 일을 하기 위해 움직였다.

그때, 그 잠깐의 선택이 어떻게 되돌아올지는 전혀 생각지 못한 도진이었다.

도진이 '르 베르나르댕'에서 마지막 근무를 마친 날.

함께 일했던 직원들은 아쉬운 마음으로 도진을 위한 송별회를 열어 주었다.

함께했던 날짜로 따지면 그리 길지 않은 시간이었지만, 휴일을 제외하면 하루 온종일 부대끼고 있어야 하는 경우가 많은 주방 일의 특성상 도진은 다른 요리사들과도 돈독한 관계를 만들었던 덕분이었다.

도진이 처음 이곳에 일할 수 있도록 호의를 보여 준 헤드 셰프 브라이언의 배려로 도진의 송별회는 일요일 밤.

가게의 모든 영업이 끝난 뒤.

'르 베르나르댕'에서 이루어지게 되었다.

수 셰프인 스테판은 이때다 싶어 냉장고의 재료들을 털어

송별회의 요리들을 만들었고.

그를 본 다른 요리사들도 저마다 손을 얹었다.

덕분에 한껏 푸짐해진 상에서 회식 같은 느낌으로 모두 함께 먹고 마실 수 있도록 진행된 송별회에 도진은 고마운 마음이 앞섰다.

"이렇게까지 해 주실 필요는 없는데, 고마워요."

도진의 감사 인사에 스테판이 고개를 저었다.

"뭐 이 정도로. 브라이언이 가게 마감 이후에 송별회 장소로 사용해도 좋다고 허락해 주지 않았다면 힘들었을 거예요. 그러니까 감사는 셰프님께 해야죠."

"그래도요. 이렇게 준비하고 치우는 것도 일이잖아요."

"어, 도진 지금 되게 송별회 끝나면 혼자만 쏙 빠져나갈 것처럼 말하는데, 당연히 도진도 같이 치워야 하는 거 알고 있죠?"

스테판의 장난기 섞인 말에 도진이 웃음을 터트리며 '물론이죠.'라고 대답하곤 송별회 겸 회식을 즐기는 이들을 바라보았다.

모두 저마다의 잔을 쥐고는 맛있는 음식과 술, 그리고 수다를 즐기기 여념이 없었다.

도진은 그런 이들을 바라보며 입맛을 쩝 하고 다셨다.

'나도 한잔할 수 있으면 좋을 텐데.'

그런 도진의 마음을 안 것일까.

루카스는 슬그머니 도진의 앞에 도수가 낮은 와인이 담긴
잔을 밀어 주었다.

　그 모습에 도진이 눈치를 보자 스테판이 도진의 손에 와인
잔을 쥐어주며 말했다.

　"오늘은 마셔요. 어차피 한국에서는 술 마실 수 있는 나이
아니에요?"

　"그렇긴 한데……."

　"지금은 옆에 보호자들도 많으니까 한 잔만 해요."

　그 말에 도진이 슬쩍 미소를 지었다.

　'이게 얼마 만에 술인지…….'

　손에 쥐어진 잔 안에 검붉은색의 찰랑이는 와인을 잠시 바
라보았다.

　성인이 되었다고 해도 한국에서는 술을 마실 틈이 없었고,
막상 미국에서는 도진의 나이가 술을 마실 수 있는 제한에
걸려 결국 아직 한 잔도 제대로 마셔 본 적이 없었다.

　결국 전생의 기억을 가지고 다시 어린 시절로 되돌아온 이
후.

　처음으로 술을 마시게 되는 날이 된 것이다.

　'벌써 시간이 이렇게 지났나.'

　도진은 너무 빨리 가는 시간이 야속하게만 느껴졌다.

　만감이 교차하는 표정을 한 채 아무 말 없이 잔을 찰랑거
리기만 하는 도진의 모습을 바라보던 스테판이 조심스럽게

입을 열었다.

"무슨 걱정 때문에 그렇게 심각한 표정인지는 모르겠지만, 도진은 잘 해낼 거예요."

스테판은 도진의 어깨를 토닥이며 말을 이었다.

"이전에도 잘해 왔기 때문에 도진이 여기까지 올 수 있었고, 지금도 잘해 줬기 때문에 모두 이 자리에 모여서 도진이 떠나는 것을 아쉬워하고 있는걸요."

그렇게 말한 스테판이 주변을 둘러보았지만.

생각보다 화기애애한 분위기와 모두 저마다 떠드느라 어느새 도진의 송별회는 안중에도 없는 듯한 모습에 머쓱해진 스테판이 목을 가다듬으며 말했다.

"우리 건배나 할까요?"

그 모습에 웃음이 터진 도진이 고개를 끄덕이자 스테판이 큰 목소리를 내어 다른 이들을 주목시켰다.

"자, 오늘이 도진의 마지막 근무일이었습니다. 다들 도진이 앞으로 어디에서 일하든 잘 해낼 수 있도록 응원의 마음을 담아서 건배 한번 할까요?"

그 말에 삼삼오오 모여 대화를 나누던 직원들의 시선이 도진을 향했다.

모두 술을 한잔씩 걸쳐서인지 불그스름한 얼굴에 미소가 한가득 걸려 있었다.

직원들은 건배를 하기 전 각자의 잔에 저마다 좋아하는 와인이나 맥주 등으로 빈 잔을 채웠고, 이내 모두의 잔이 채워진 것을 확인한 스테판이 자신의 잔을 높이 들고 선창했다.

"도진을 앞날을 위하여!"

그러자 직원들도 자신의 잔을 들고 '위하여.'라며 복창하고 잔을 비워 냈다.

도진 또한 높이 들었던 잔을 내려 천천히 와인의 향을 음미하며 오랜만에 마시는 술을 즐기려고 했다.

하지만 술을 한 입 마시려는 찰나.

어느새 도진의 곁으로 다가온 개비와 루카스가 양옆에서 도진을 끌어안고는 주절거리며 말하기 시작했다.

"도진, 정말 이대로 가는 거야?"

"가지 마. 아직, 아직 내가 아부지를 찾아 준 은혜를 덜 갚았는데……."

"마자. 나도 아직 연어의 은혜를 덜 갚은 것 같아. 도지은 나랑 개비의 은인이야."

혀가 잔뜩 풀린 사람은 얼마나 마셨는지 알 수 없을 정도로 취해 있었다.

그에 우선 술을 흘릴까 걱정되었던 도진은 들고 있던 잔을 조심스럽게 테이블에 올려 두었고.

개비와 루카스의 하소연을 들어 주기 시작했다.

서로 각자가 하고 싶은 말만 하느라 양쪽 귀에서 루카스의 목소리와 개비의 목소리가 섞여서 들려왔다.

처음에는 자신이 떠나는 것이 아쉽다며 말하는 두 사람의 말에 집중해서 그들의 얘기를 들어 주었지만.

두 사람은 이미 취해 있었고, 점차 말이 길어지며 대화의 주제가 갈 길을 잃어버리는 것을 느끼며 도진은 한숨을 푹 내쉬었다.

떼어 내도 다시 달라붙고, 또 달라붙는 두 사람의 행태에 도진은 자신의 눈앞에 놓인 와인 잔을 하염없이 바라볼 수밖에 없었다.

'스테판이 술을 줬는데, 왜…… 왜 먹지를 못하니…….'

알코올이 간절한 순간이었다.

송별회는 너무 늦지 않게 끝났다.

너무 길어지면 휴일에 제대로 쉬지 못하고, 그러면 출근했을 때 컨디션을 조절하기 힘들다는 이유였다.

스테판은 도진에게 장난스럽게 송별회의 뒷정리를 얘기했지만, 막상 뒷정리를 해야 할 시간이 되자 도진에게 얼른 집으로 돌아가라며 말했다.

"바로 내일 인사하러 가기로 한 거 들었어요. 조금이라도 일찍 들어가야 좀 쉬고 인사하러 가죠."

그 말에 잔뜩 취한 루카스를 데리고 집으로 돌아온 도진은 스테판의 배려 덕분에 조금이라도 잠을 청한 뒤 일어날 수 있었다.

맞춰 둔 알람이 울리는 것을 보지도 않고 대충 손으로 위치를 확인해서 끈 도진은 무거운 몸을 일으켰다.

간밤에 늦게 잠든 탓에 쉬이 일어나지 못하던 도진은 침대에서 핸드폰을 확인하며 미적거렸다.

시간은 이른 새벽이었다.

본래 같았다면 휴일이었기에 아직도 잠을 청하고 있을 시간이었다.

핸드폰에 떠 있는 여러 알림들에 도진은 쌓여 있는 전화에 문자메세지를 일일이 확인하기 시작했다.

개비의 전화 몇 통과 잔뜩 취한 냄새가 여기까지 나는 것 같은 오타와 애정이 가득한 문자.

그리고 홀의 막내였던 톰의 멋쩍은 웃음이 떠오르는 작별 인사와 송별회 마지막까지 남아 있던 사람들의 잘 들어갔냐는 문자까지

새벽 늦게 와 있는 연락들에 도진은 그들의 귀가 시간을 대충 알 수 있었다

메시지들을 읽으며 저도 모르게 미소를 짓고 있던 도진은 불과 몇 분 전, 와 있는 문자 하나를 확인하고는 눈을 크게 떴다.

생각지도 못한 이에게 온 문자였기 때문이다.

천재셰프
회귀하다

도진은 눈곱이 껴 흐린 눈을 비비고 몸을 일으켜 바른 자세로 문자를 읽어 내려가기 시작했다.

　—브라이언 셰프님 : 도진, 간밤에 송별회를 잘 마무리했다고 들었네. 이번에는 밀 하우스로 간다지? 그곳의 셰프는 나도 잘 알고 있는 친구지. 성격이 좀 특이하지만, 실력 하나는 믿을 만한 친구일세. 부디 그곳에서도 잘 적응하길 바라네. 잠깐이었지만 고마웠고, 즐거운 시간이었어. 다음에도 기회를 만들어 볼 수 있었으면 좋겠군. 언제나 자네의 앞날에 축복이 가득하길.

　일요일 퇴근 전, 브라이언과 나눴던 대화가 마지막일 것이라고 생각했던 도진은 그가 보낸 문자에 의외라는 생각과 함께 큰 감명을 받았다.
　비록 짧은 인연이었지만, 이렇게 우리가 만나고 함께했다는 것을 소중히 대해 준 것 같았기 때문이다.
　브라이언의 진심이 담긴 문자를 두어 번 더 반복해서 읽은 도진은 다른 이들이 보낸 문자도 다시금 훑어보았다.
　'다들 정말이지…….'
　많은 이들의 도진이 가는 길을 응원해 주고 있었다.
　덕분에 힘을 얻은 도진은 드디어 누워 있던 자리에서 일어났다
　단출한 방이었다.

해가 드는 창과 작은 옷장, 싱글 매트리스 침대 하나와 책
상.

작은 방에 알찬 구조였다.

갈아입을 옷을 챙긴 도진은 조용한 거실에 루카스가 깰세
라 조용히 씻고 다시 방으로 돌아와 짐을 챙기기 시작했다.

'칼이랑 옷은 다 챙겼고, 자잘한 짐들도 넣었고……'

도진은 캐리어에 자신의 모든 짐을 챙겨 담고 방을 정리한
뒤.

마지막으로 남은 것이 없는지 방을 둘러보았다.

방은 도진이 처음 봤던 그날과 같이 깔끔하게 정리된 채였
다.

도진은 삐뚤어져 있는 이불의 모서리 끝을 정리하고는 큰
소리가 나지 않게 조심스럽게 캐리어를 들고 밖으로 나왔다.

거실에는 희끄무레한 빛이 들어오고 있는 것이 이제 막 해
가 뜬 것을 알 수 있는 광경이었다.

언제 일어난 것인지 거실 소파에 앉은 채 해를 받고 있던
루카스가 졸린 눈을 끔뻑거리고 있었다.

"조용히 준비한다고 한 건데, 시끄러웠죠?"

"아니야. 너무 조용해서 일어난 줄도 몰랐어. 나 어제 좀
많이 취했었지?"

머쓱하게 웃으며 묻는 루카스의 모습에 도진이 씩 웃으며
대답했다.

"조금요."

"내가 뭐 실수하거나 그런 건 없었어?"

"그냥, 이렇게 취하면 조금 말이 많아지는구나 싶었어요."

도진의 말에 루카스가 머리를 부여잡으며 괴로워했다.

"으윽, 이놈의 술주정. 진짜 미안해. 이렇게 장기 숙박객은 처음인 데다가 같이 일하면서 너무 친해져서, 네가 떠난다니까 너무 아쉬워서 나도 모르게 많이 마셨었나 봐."

울상을 지으며 말하는 루카스의 모습에 도진이 웃음을 터트리며 말했다.

"괜찮아요. 버틸 만했어요."

도진의 말에 더욱 울상을 지으며 얼굴을 가린 채 괴로워하던 루카스는 도진의 손에 들린 캐리어를 확인하고는 천천히 입을 열었다.

"준비 다 한 거야?"

"네, 짐은 다 챙겼고 방도 치워 놨어요"

"그렇게까지 안 해도 되는데, 고마워요."

"어차피 제가 가고 나면 루카스가 치워야 하잖아요."

루카스는 도진의 말에 감동한 표정으로 입을 열었다.

"정말 마지막까지……."

도진은 그런 루카스를 향해 미소를 지으며 말했다.

"저야말로 어제 그렇게 과음해 놓고는 이렇게 일찍 배웅해 줘서 고마운걸요."

"루카스, 그동안 고마웠어요."

"나야말로 고마웠어. 덕분에 너무 즐거웠어."

현관 앞에 선 도진과 루카스는 서로를 얼싸안고 마지막 인사를 나누며 다음을 기약했다.

"또 언젠가 볼 기회가 되겠죠."

"그럼, 물론이지. 언제든 놀러 와!"

도진은 해맑게 인사하는 루카스를 뒤로한 채 문을 열고 집을 나섰다.

자신이 향하고 있는 곳에서 어떤 일이 도사리고 있을지 예상조차 하지 못한 채, 도진의 머릿속에는 그저 기대만 떠올라 있을 뿐이었다.

의문의 밀 하우스

스테판이 소개해 준 '밀 하우스'는 '르 베르나르댕'이 위치한 뉴욕에서 비행기를 타고 대여섯 시간은 가야 하는 LA에 있었다.

'밀 하우스'의 셰프는 도진의 전화를 받고는 '아, 네가 그 녀석이구나?'라며 알 수 없는 말을 한 뒤.

짧은 인터뷰를 통해 도진에게 채용 의사를 밝혀 왔고, 언제부터 출근하면 되냐는 물음에 '가능한 한 가장 이른 시일 내에.'라고 대답했다.

덕분에 도진은 '르 베르나르댕'에서의 마지막 근무 후.

제대로 여독을 풀지도, 뉴욕을 관광하지도 못한 채 LA로 향하는 비행기 표를 끊을 수밖에 없었다.

도진은 루카스의 집에서부터 택시를 타고 공항 앞에 내렸다.

트렁크에서 캐리어를 꺼낸 도진은 다시금 핸드폰으로 시간을 확인하며 바쁘게 움직였다.

아직 비행기 체크인 시간은 여유로웠지만, 빨리 가고 싶은 설렘이 담겨 있기 때문이었다.

도진은 '밀 하우스'의 셰프에 대해서 아는 것이 전혀 없었다.

그저 스테판의 추천 하나만 믿고 가는 것이었다.

도진이 아는 것이라고는 그의 나이가 그렇게 많지 않다는 것과, '밀 하우스'를 오픈한 지 이제 고작 1년밖에 되지 않았다는 점.

그리고 함께 일하게 될 다른 직원은 셰프를 포함해 단 두 명뿐이라는 것.

과연 어떤 사람이 자신을 기다리고 있을지 상상하던 도진은 문득 자신이 통화했던 셰프의 이름조차 모른다는 것을 깨달았다.

'생각해 보니 지난번에 통화했을 때, 통성명도 제대로 하지 않았네.'

셰프의 이름뿐만 아니었다.

'밀 하우스'는 어떤 곳이고, 그곳에서는 어떤 음식을 만들며, 어떤 사람들과 일하게 될 것인지 궁금했지만, 전화를 걸

천재셰프
회귀하다

자마자 정신없이 몰아치듯 이것저것 물어보는 셰프의 페이스에 제대로 휘말려 궁금했던 것을 제대로 말하지 못했다.

어떤 사람인지는 몰라도 매우 자기중심적이거나, 또는 자기주장이 강한 사람일 것 같다는 예상을 하며 비행기에 탑승을 한 도진은 이륙하기 전.

생각보다 여유롭게 남은 시간을 활용해 구글 지도에 '밀 하우스'를 검색해 보았다.

'여기다.'

찾는 것은 그리 어렵지 않았다.

LA에서 '밀 하우스'는 단 한 곳뿐이었기 때문이다.

아니, 어쩌면 전 세계를 찾아도 한 곳뿐일지도 몰랐다.

레스토랑의 이름을 '밀 하우스(meal house)'라고 짓는다는 것 자체가 흔한 발상은 아니었기 때문이다.

'한국으로 따지면 식당 간판이 식당이라고 붙어 있는 거나 다름없지.'

도진은 피식 웃음을 터트리며 스크롤을 쭉 내렸다.

생긴 지 이제 1년 정도 되었다는 것치고는 생각보다 많은 리뷰와 높은 별점에 도진은 조금 놀라며 '밀 하우스'에 대한 리뷰를 읽어 내리기 시작했다.

리뷰는 제각기였다.

그저 별점만 준 사람도 많았고, 맛있었다는 짧은 한마디의 글, 또는 사진과 함께 맛과 서비스에 대한 긴 감상평을 남기는 이들도 있었다.

'다 음식 사진뿐이네.'

도진은 리뷰를 읽어 내리다가 매장 내부에 대한 사진은 전혀 없다는 것을 눈치챘다.

그리고 리뷰들은 모두 하나같이 약속이라도 한 듯 맛에 관한 얘기와 함께 인테리어가 독특하다는 말이 있었다.

'하나쯤은 가게 내부에서 찍은 사진들도 있을 법한데.'

리뷰를 보면 볼수록 점점 더 밀 하우스가 어떤 곳인지 짐작할 수 없었던 도진은 설레는 마음에 한 스푼의 불안감이 떠올랐다.

하지만, 그러거나 말거나 이미 비행기는 이륙을 준비하고 있었고.

－손님 여러분, 안녕하십니까? 여러분의 탑승을 진심으로 환영합니다. 이 비행기는 로스앤젤레스로 향하는……．

비행기는 천천히 이륙을 준비하고 있었다.

맨해튼에서 로스앤젤레스 국제공항까지 약 5시간.

비좁았던 자리를 벗어나 드디어 땅에 발을 디딘 도진은 기지개를 쭉 켰다.

'드디어 도착인가.'

도진이 손목 위에 시계를 확인했다.

뉴욕의 공항에서부터 이미 로스앤젤레스의 시차에 맞춰 시간을 바꿔 놓은 손목시계는 8시를 가리키고 있었다.

'6시에 출발했는데 고작 8시라니.'

뉴욕보다 로스앤젤레스의 시간이 3시간이 빨랐기 때문에 가능한 일이었다.

그에 도진은 빠르게 발길을 옮겼다.

밀 하우스의 셰프와 약속했던 시간 때문이었다.

비행 중 혹시 모를 상황이나 짐을 찾고 입국 심사를 하는 등의 일을 감안하여 넉넉하게 1시쯤 도착한다고 말해 두었지만 그래도 역시 그 시간보다는 좀 더 일찍 도착하는 것이 마음이 편했다.

짐을 찾고 입국 심사를 마친 뒤.

초록색의 순환버스를 타고 택시 승강장에 도착한 도진은 택시를 차고 밀 하우스로 향했다.

까다로운 입국 심사관을 만난 덕에 생각했던 것보다 시간이 조금 더 걸리게 된 도진은 마음이 촉박해 몇 번이고 지도와 바깥을 번갈아 보며 택시가 제대로 가고 있는지 확인했고.

이내 '밀 하우스'의 앞에 도착할 수 있었다.

"감사합니다."

짧은 감사 인사와 함께 택시 기사에게 인사를 한 도진은 트렁크에서 짐을 내리고는 저 멀리 멀어지는 택시의 뒷모습을 잠시 바라보았다.

그리고 뒤를 돌자.

도진의 눈앞에 '밀 하우스(meal house)'가 보였다.

주변의 다른 가게들의 낡고 오래된 간판과는 다르게 홀로 새것인 것을 티 내는 듯 깔끔한 모양새였다.

2층 건물 중 1층에 자리 잡은 '밀 하우스'는 그렇게 작지도, 크지도 않은 사이즈였다.

문에는 스티커로 영업 시간이 적혀 있었다.

'3시부터 12시까지면 거의 펍이나 다름없겠는데…….'

보통 식당이 오전에 열어 아무리 늦어도 저녁이 지난 시간이면 문을 닫는다는 것을 생각하면 '밀 하우스'의 운영 시간은 생각보다 더욱 늦게 열고, 또 더욱 늦게 닫는 것이었다.

그에 도진은 문득 의문을 느꼈다.

'이렇게 늦게 여는데 왜 그렇게 일찍 올 수 있냐고 물어본 거지?'

최대한 빠른 시일 내에 도착할 수 있냐고 물어봤던 '밀 하우스'의 셰프는 도진에게 가능한 한 이른 시간에 와 달라고 얘기했다.

그로 인해 도진은 최대한 빨리 출발할 수 있는 날을 확인했고, 결국 '르 베르나르댕'에서의 마지막 근무일의 다음 날.

이른 아침의 비행기를 타고 로스앤젤레스로 향한 것이었다.

일할 사람을 급히 구한다기에 당장 주방에 투입될 인원을 구하는 줄 알았던 도진은 이른 아침부터 업무를 배운 뒤.

바로 실전에 투입될 줄 알고 급히 짐을 챙겨 이곳으로 향했건만.

12시가 되었는데 아직 문을 열 기미조차 보이지 않는 모습에 당황스러움을 감출 수 없었다.

혹시나 이곳 말고 다른 곳으로 오라고 했는데, 자신이 주소를 착각하여 가게로 온 것은 아닌지 하는 마음에 이곳이 아닌 다른 주소가 있는지 확인하기 위해 핸드폰을 열어 문자를 확인하는 도진이었다.

하지만 아무리 찾아보아도 다른 주소는 없었고.

도진은 어찌해야 할지 모른 채 덩그러니 문 앞에 서 있었다.

그리고 어디선가.

그런 도진을 부르는 목소리가 들렸다.

"혹시 도진?"

갑작스럽게 들리는 자신의 이름에 놀란 도진은 고개를 돌려 뒤쪽을 확인해 보았으나 아무도 없었고, 그런 도진의 모습에 웃음을 터트린 목소리는 이내 자신이 있는 곳이 어디인지 말했다.

"여기예요, 위."

그제야 목소리의 주인이 어디 있는지 알게 된 도진은 고개를 들어 위쪽을 확인해 보았고.

그곳에는 한눈에 보아도 어려 보이는 젊은 남성이 창가에서 몸을 쭉 빼고 도진을 바라보고 있었다.

그는 도진을 향해 눈을 찡긋하며 인사를 건넸다.

"반갑습니다. 밀 하우스의 셰프이자 오너인 이재희입니다."

도진은 그의 자기소개에 놀라 눈을 크게 뜨며 잠시 동안 아무 말도 하지 못한 채 그를 바라보았고.

그 모습에 재희는 한 번 더 웃음을 터트렸다.

2층에서 내려와 이내 도진이 서 있던 가게의 문 앞에 도착한 재희는 도진을 향해 손을 뻗었다.

악수를 하자는 의미였다.

도진은 잠시 그 손을 바라보았다.

재희는 자신이 생각했던 '밀 하우스'의 셰프와는 완전히 다른 인물이었다.

우락부락까지는 아니어도 어느 정도 건장한 체격의 서양

인을 생각했던 도진은 자신의 눈앞에 선 재희를 향한 시선을 거둘 수 없었다.

재희는 도진과 비슷한 체격을 가지고 있었다.

아니, 어쩌면 도진보다 좀 더 작을지도 몰랐다.

게다가 놀란 것은 그뿐 아니었다.

전화 통화를 했을 때까지만 해도 완벽한 영어 발음에 도진은 그가 분명 영어권의 서양인일 것이라고 확신했다.

하지만 그 예상은 완전히 빗나갔다고 말하는 듯, 익숙한 형태의 이름으로 자신을 소개하는 재희의 모습에 도진은 그야말로 얼이 빠질 수밖에 없었다.

재희는 도진이 자신을 멍하니 쳐다보기만 하고 있자 머쓱하게 웃으며 입을 열었다.

"나 팔 아픈데, 혹시 아까 내가 웃은 게 기분이 상해서 악수를 안 해 주는 건가요? 그런 거라면 미안해요. 내가 잘못했으니 악수 한 번만 하죠. 슬슬 팔이 떨어질 것 같아요."

재희의 넉살이 담긴 말에 도진은 그제야 다급히 재희의 손을 맞잡고 위아래로 몇 번 흔들며 사과를 건넸다.

"미안합니다. 조금 당황해서요."

그 말에 재희가 이해한다는 듯 고개를 끄덕였다.

"그렇죠. 역시 이런 미남이 이런 번듯한 가게의 사장이자 셰프라고 하면 놀랄 수밖에 없겠죠."

"에, 예. 뭐……."

재희의 말에 도진이 머뭇거리며 대답했다.

떨떠름한 도진의 반응에 그가 자신의 농담을 진지하게 받아들인 것으로 생각한 재희는 급히 손을 휘적이며 말을 덧붙였다.

"이거 농담인 거 알죠? 저 그렇게 나르시시즘이 심한 사람은 아니에요. 알겠죠?"

그런 재희의 반응에 도진은 그제야 웃음을 터트렸다.

진심으로 당황한 그의 모습에 자신이 어떻게 비춰졌을지 눈에 선했기 때문이다.

객관적으로 보았을 때 재희는 미남이 맞았다. 정확히 말하자면 미소년에 가까웠다.

그의 얼굴에는 아직 어린 티가 벗겨지지 않은 듯했다.

'어쩌면 나랑 나이가 비슷할지도 모르겠는걸.'

그런 생각을 하고 있었던 도진은 방금 전, 조금 무례했을지도 모르는 자신의 표정에 대해 사과했다.

"미안해요. 제가 반응이 좀 그랬죠. 사실 너무 어려 보이셔서 몇 살일까 생각하고 있었어요."

"오, 사과는 괜찮아요. 그런 거라면 다행이에요."

"혹시 실례가 안 된다면 몇 살인지 여쭤봐도 될까요?"

도진의 물음에 재희가 얼굴에 웃음기를 가득 띄우고 대답했다.

"음, 너무 쉽게 알려 주면 재미없지 않아요?"

"그런가요?"

"몇 살 같아 보여요? 제가 특별히 기회를 드리죠!"

재희의 물음에 잠시 고민하던 도진이 천천히 재희의 얼굴을 살피고는 조심스럽게 입을 열었다.

"스물다섯……?"

"오, 생각보다 많은걸요?"

도진은 재희의 대답에 멈칫하며 다시금 그에게 물었다.

"혹시 그보다 더 어리다면 죄송해요."

"오, 아니에요. 그럼 저는 오늘부터 도진에게는 스물다섯인 거예요. 알겠죠?"

아리송한 재희의 말에 궁금증을 해결하지 못한 도진이 다시금 재희에게 나이를 물었지만, 그는 '저는 도진한테 스물다섯이라니까요.'라며 대답을 회피하고는 말을 돌렸다.

"자, 우선 얼른 저를 먼저 따라오시죠!"

───── ⚜ ─────

자신을 따라오라고 말한 재희는 도진을 가게 뒤편으로 이끌었다.

멀쩡한 문을 가게 입구를 놔둔 채 자신을 뒤쪽으로 이끄는 재희의 모습에 도진은 그가 자신을 뒷문으로 데리고 가는 줄 알았다.

대부분의 레스토랑에는 뒷문이 있었다.

그 출입구는 직원들의 출퇴근용으로 쓰이는 게 대부분이며, 물건을 들여오는 하역장의 출입문으로 이용되기도 한다.

처음으로 가게 내부를 보게 될 것이라는 생각에 도진은 떨리는 마음을 진정시키고자 애썼다.

하지만 막상 가게의 뒤편에 도착한 도진은 자신의 눈앞에 보이는 높은 계단에 의문스러운 표정을 지을 수밖에 없었다.

재희는 그런 도진을 눈치채지 못한 듯 계단을 올라가기 위해 발을 움직이다가 멈칫하며 도진을 돌아보았다.

"계단 올라가야 하는데 캐리어 들고 오실 수 있으시겠어요? 도와드릴까요?"

"아뇨, 괜찮습니다. 혼자 들 수 있어요."

해외로의 유학을 준비하며 적어도 1년 이상 이곳저곳을 돌아다닐 생각이었던 도진이었지만, 그의 짐은 의외로 단출했다.

도진은 이미 전생에 유학 시절을 겪어 보았기 때문에 유학에 대한 로망도 없을뿐더러 필요한 게 있다면 현지에서 충분히 조달할 수 있다고 생각했기 때문에 그리 많은 짐을 가지고 오지 않았다.

얼마나 적었냐면, 도진의 계획을 들은 어머니가 정말 그 정도밖에 안 가져가도 되냐고 물을 정도였다.

메고 다닐 수 있는 배낭 하나에 나이프 키트와 잡다하지만 매일 쓰는 세면도구들, 그리고 잃어버리면 안 되는 여권과 지갑 같은 중요한 것들을 넣어 두었고, 나머지의 짐들과 옷가지들은 24인치 캐리어에 담겨 있었다.

혼자 들어도 크게 무리가 없는 짐의 양이었다.

재희의 호의에 감사의 인사를 건네며 캐리어를 들고 그를 따라 계단을 올라가던 도진은 그보다 궁금했던 것을 물어보았다.

"그런데 혹시 이 계단은 어디로 가는 건가요?"

도진의 물음에 재희는 그제야 자신이 설명이 부족했다는 것을 깨닫고는 급히 입을 열었다.

"2층요! 저희 통화했을 때 제가 숙식 제공이라고 말씀드렸었죠? 가게 위층은 제가 살고 있는 집이라서 방 하나 내드릴 예정이에요."

"위층이 집이었군요. 그래서 아까 거기서……."

도진은 이제야 이해가 되었다는 듯 고개를 끄덕이며 재희를 따라 그리 높지 않은 계단을 올라갔다.

재희는 이윽고 문을 열고는 도진에게 손짓했다.

"자, 먼저 들어가시죠."

"네, 감사합니다."

"현관에서 신발 벗고 안으로 들어가시면 돼요."

캐리어를 한 손에 들고 계단을 모두 올라온 도진은 문 앞을 열고 밖에 서 있는 재희를 지나쳐 먼저 현관 안으로 들어

섰다.

신발을 벗은 도진은 캐리어의 바퀴를 한 번 털고는 집 안으로 들어서기 위해 중문을 열었고 신발을 벗으며 말했다.

"이렇게 들어가니 완전히 한국에 온 것 같은 느낌이네요. 한인타운에 사는 분들은 대부분 이렇게 신발을 벗고 들어가나요?"

"그냥 취향 차이죠, 뭐. 안 그런 곳도 많아요."

재희는 중문 앞에 서 있는 도진을 지나치며 말을 덧붙였다.

"저희 집은 온돌 바닥이라 신발을 벗고 들어갈 수밖에 없어요."

"온돌이요?"

도진은 재희의 말에 자신이 잘못 들은 게 아닌지 되물을 수밖에 없었다.

그도 그럴 것이.

미국에 온돌집이 있을 것이라고는 생각지도 못했기 때문이다.

하지만 이런 질문이 익숙한 듯, 재희는 고개를 끄덕이며 도진에게 대답했다.

"네, 온돌이요. 여기는 원래 지어져 있던 집을 사서 거주하는 게 아니라 저희 아버지가 직접 지으신 집이거든요."

"아버지께서 건축일을 하셨었나요?"

"네. 한국에서는 꽤 큰 건축사 사무소에서 일하셨어요. 그러다가 좋은 기회가 생겨서 미국에서 일하게 된 거죠."

재희는 도진에게 집으로 들어오라며 손짓하며 말을 덧붙였다.

"도면 설계부터 시공에 내부 인테리어까지 모두 아버지가 직접 진행하신 거예요. 아래층의 식당도 마찬가지고요."

그의 말을 들으며 집 안으로 들어간 도진은 중문을 들어서자마자 길쭉한 복도와 양옆으로 보이는 세 개의 문에 재희에게 물었다.

"제가 쓰게 될 방은 어디인가요?"

"도진 씨가 쓸 방은 제일 안쪽 방이에요. 여기는 손님방이고 그 옆에 있는 방이 제 방. 그리고 건너편은 화장실이에요"

도진은 앞장서는 재희의 설명을 들으며 복도를 지났다.

'보통은 손님방을 내주지 않나?'

자신이 쓰게 될 방이 제일 안쪽이라는 말에 의문을 느낀 도진이었지만, 이내 보이는 거실의 모습에 그 의문은 순식간에 뒷전이 되었다.

널찍한 거실과 왼쪽에 있는 주방, 그리고 거실을 바라보며 요리를 할 수 있는 아일랜드 식탁이 놓여 있는 것을 보며 미소를 지었다.

"정말 한국에서 너무 흔히 볼 수 있는 집인 것 같아요."

"아버지가 미국으로 넘어오기로 하시고는 가장 먼저 해야겠다고 생각한 게 그거였대요. 전업주부이신 어머니가 갑작스럽게 바뀐 환경에 너무 낯설지 않도록, 한국에서와 최대한 비슷한 환경을 만드는 것."

"부모님이 사이가 좋으셨네요."

도진의 말에 재희가 고개를 절레절레 저으며 대답했다.

"말도 마세요. 혹시나 어머니가 한국이 그립다고 혼자 훌쩍 떠나실까 봐 이렇게 한국 가정집 같은 느낌을 내려고 노력하셨다나 봐요. 심지어는 그때 당시에는 미국에서 구하기도 힘들었을 텐데 바닥 온돌 난방도 직접 까셨을 정도예요."

한숨을 폭 내쉰 재희는 이내 도진에게 쓸 방을 보여 주겠다며 자신을 따라오라고 말했고.

도진은 캐리어를 들고 그런 그를 따라갔다.

재희가 도진에게 내준 방은 거실과 주방을 지나쳐 가장 안쪽에 도착했다.

"여기 오른쪽은 제가 작업실 겸 쓰는 공간이니까 신경 안 쓰셔도 되고, 도진 씨가 쓰게 될 방은 왼쪽 방이에요."

재희는 도진에게 들어가서 짐을 풀고 나오면 마저 안내를 도와주겠다고 말하며 자리를 비켜 주었고.

도진은 이내 짐을 풀기 위해 안내받은 방으로 들어갔고, 생각보다 넓은 방의 크기에 놀랄 수밖에 없었다.

'설마 했는데, 이 정도면 안방의 크기 아닌가?'

혹시나 하는 생각이 들었지만 설마하니 자신의 가게에서

일하게 될 직원에게 아무리 숙식을 제공한다고는 했어도 집에서 가장 큰 안방을 내어주겠는가.

도진은 다른 방을 보지 않았으니 나머지 방들의 크기나 구조도 비슷할 것이라고 생각하기 위해 애썼다.

하지만 이내.

'저건 설마…….'

침대 맞은편에 보이는 문이 무엇인지 확인하기 위해 들어선 순간 보이는 작은 드레스 룸과 안쪽 화장실을 보고는 도진은 확신했다.

'이 방은 안방이겠군. 손님한테 이런 방을 내주다니, 도대체 무슨 생각이지?'

자신의 고정관념을 완전히 깨 버린 재희의 모습에 도진은 더욱더 밀 하우스의 오너셰프인 재희에 대해 알 수 없어졌다.

❊

도진이 얼마 되지 않는 짐을 정리하고 나오자 거실에는 재희가 시원한 커피를 마시며 기다리고 있었다.

"커피 마실래요? 아니면 차?"

"전 괜찮아요."

자신의 제안을 거절하는 도진의 모습에 머쓱하게 머리를

굵적인 재희가 다시금 물었다.

"그러면 물이라도 한 잔 드릴까요?"

그 모습에 도진이 마지못해 고개를 끄덕였다.

재희는 주방으로 가 시원한 얼음물 한 잔을 도진에게 내어
주며 말했다.

"냉장고에 있는 재료나 주방에 있는 식기들은 자유롭게 사
용해도 괜찮아요. 뭐든 만들어 먹고 싶은 게 있다면 편하게
만들어 먹어요. 필요한 재료가 있다면 저한테 말하면 갖춰
놓을게요."

도진은 재희가 준 물을 한 모금 마시고는 컵을 아일랜드
식탁에 소리가 나지 않게 조심스레 내려놓았다.

주방 곳곳을 설명하며 무엇이 어디에 있는지 설명하는 재
희의 모습을 가만히 바라보던 도진은 도저히 참지 못하고 재
희에게 물었다.

"제가 쓰게 될 방이, 원래는 안방이죠?"

그 말에 하부장에 들어 있던 조리도구들을 설명하기 위해
쭈그려 앉아 있던 재희가 고개만 빼꼼 내밀며 대답했다.

"맞아요. 혹시 무슨 문제라도 있나요?"

"아뇨. 그런 건 아닌데……."

순순히 대답하는 재희의 눈동자는 맑게 빛나고 있었다.

하지만 도진은 여전히 미심쩍은 눈초리를 지우지 못했다.

도무지 재희가 어떤 인물인지 파악할 수 없었기 때문이다.

이 궁금증을 참지 못한 도진은 결국 재희에게 무슨 생각으로 자신에게 안방을 내준 것인지 솔직하게 물어볼 수밖에 없었다.

"왜 저한테 안방을 내주신 건지 잘 모르겠어요. 보통 안방은 집주인이 쓰는 게 맞지 않나요?"

도진의 물음에 재희가 눈을 동그랗게 뜨더니 대답했다.

"아, 우리 집에 남는 방 중에 제일 쓸 만한 방이 거기라서요. 제가 쓰는 방은 어릴 때부터 쓰던 방이라 익숙하기도 하고 가구들 옮기기도 그렇잖아요."

"그러면 손님방은요?"

"거기는 제 친구들이 가끔 와서 자고 가곤 해서요. 미리 양해 좀 구할게요. 근데 일하다 보면 종종 마주칠 수도 있으니까, 나중에 소개해 드릴게요."

재희의 대답에도 도진은 무언가 제대로 해소되지 않은 듯한 표정으로 머뭇거렸다.

"하지만 아무리 그래도……."

그 모습에 재희가 자리에서 벌떡 일어나 도진의 어깨를 툭툭 치며 말했다.

"진짜 괜찮아요. 도진 씨 오기 전에 침구도 모두 세탁해 뒀고, 방도 깨끗하게 청소했는걸요. 지금은 그 방을 쓸 사람도 없으니까 도진 씨가 마음 편하게 써도 돼요."

몇 번이고 거듭 괜찮다고 말하는 재희의 모습에 도진은 어쩔 수 없이 고개를 끄덕였다.

그러고는 내내 궁금했던 것을 물었다.

"그런데, 혹시 그럼 부모님은 지금 따로 사시는 건가요?"

도진의 물음에 재희는 잠시 말을 잇지 않고 머뭇거리다가 거실에 나 있는 큰 창밖을 바라보다가 천천히 입을 열었다.

"지금은 이곳에 안 계세요. 멀리…… 멀리 가셨어요."

"이런, 제가 죄송해요. 묻지 않아도 될 말이었는데, 제가 실수했어요."

"괜찮아요."

"혹시 아래층의 가게는 언제쯤 볼 수 있을까요? 제가 일하게 될 곳을 한번 보고 싶어요."

여전히 아련한 눈빛으로 창밖을 바라보는 재희의 모습에 자신이 실수했다고 생각한 도진이 당황하며 다급히 사과하며 말을 돌리기 위해 애썼다.

당황해서 허둥지둥하는 도진의 모습을 잠시 지켜보던 재희는 이내 조심스럽게 말을 이었다.

"지금은 아마 싱가포르에 계실 거예요. 마지막으로 받았던 편지에 그렇게 적혀 있었으니……."

재희의 말에 도진은 멍하게 그를 바라보다 되물었다.

"싱가포르요?"

"네."

짧고 간결하게 대답하는 재희의 모습에 도진은 할 말을 잃은 채 아무 말도 하지 못하고 있다가 이내 정신을 차리고는 떠듬떠듬 그에게 물었다.

"거기는 왜……."

"여행 가셨어요. 평생 꿈이셨다고. 은퇴하시고는 어머니랑 세계일주를 하시겠다고 배낭 메고 떠나시더라고요. 덕분에 식당도 이 집도 제가 관리하게 된 거죠."

태연하게 말하는 재희의 입가에는 슬며시 미소가 떠올라 있었고.

도진은 그제야 자신이 놀림 받았다는 것을 눈치채고는 얼굴을 구길 수밖에 없었다.

한껏 얼굴을 구긴 도진의 모습에 재희는 웃음을 터트렸다.

"다들 멀리 가셨다고 하면 이렇게 오해하곤 하더라고요. 부모님은 여전히 두 분 다 정정하세요. 그러니까 저도 못 해 본 세계 여행을 하시고 계시죠."

도진은 재희의 말에 한숨을 돌린 뒤, 그를 째려보며 말했다.

"이런 장난은 너무해요. 정말 심장이 덜컹 내려앉는 줄 알았잖아요."

"알겠어요. 이런 장난은 안 칠게요. 미안해요."

도진의 눈초리에 겨우 웃음을 멈춘 재희가 눈치를 보며 사과를 건넸다.

그 모습에 도진이 표정을 풀고 재희에게 물었다.

"그보다 제가 일하게 될 곳을 좀 볼 수 있을까요?"

도진에게 재희가 여전히 알 수 없는 사람인 만큼, 그가 운영하는 가게인 '밀 하우스' 또한 미스터리하긴 마찬가지였다.

간판이 붙어 있지 않았다면 가게인 줄 모를 정도로 선뜻 들어가기 쉽지 않은 가정집 같은 외관.

그럼에도 인기가 많았고 사람들이 꾸준히 찾는 듯한 많은 리뷰.

게다가 도진은 스테판의 추천과 브라이언의 말 한마디만 믿고 온 것이었다.

'그 친구가 요리 실력 하나는 알아주지.'

덕분에 도진은 자신이 근무하게 되는 조건에 대해서만 알았지, 그 환경이 어떤지는 전혀 알지 못했다.

"하루 11시간 중 휴식 시간이 2시간, 숙식 제공에 월급으로 지급인 건 알겠는데 주방이 어떤지, 어떤 요리를 하게 되는지 전혀 몰라서요. 좀 더 설명해 주셨으면 좋겠어요."

"오, 물론이죠. 바로 내려갈까요?"

재희는 적극적인 도진의 물음에 반색하며 말했다.

어쩐지 신이 난 듯한 표정이었다.

바로 내려가자며 자신을 이끄는 재희에 도진은 그를 뒤따라갔다.

"저희 가게가 뒷문이 따로 없어서 아까 서 계셨던 그 문으로 들어가야 해요."

재희는 그렇게 말하며 열쇠로 문을 열고 들어갔고, 도진도 그를 뒤따라 가게로 들어섰다.

창이 많지 않아 그리 밝지 않은 실내에 도진은 눈살을 찌푸리며 테이블의 개수를 확인했다.

'이 정도면 네다섯 개쯤 되는 것 같은데.'

그리 많지 않은 테이블 개수에 의문이 들 때쯤 재희가 가게 내부의 불을 켜 실내가 밝아지자 도진은 그제야 가게의 모습을 한눈에 볼 수 있었다.

그리고 할 말을 잃었다.

도저히 믿을 수 없는 인테리어 탓이었다.

도진은 천천히 내부를 둘러보다 천천히 고개를 돌려 재희를 바라보고는 조심스럽게 물었다.

"혹시, 이거 인테리어 누가 한 거예요?"

"제가요! 어때요. 한눈에 봐도 눈에 확 들어오고 예쁘죠?"

재희의 당당한 대답은 물론 예쁘냐고 되묻는 질문에 도진은 아무 말도 하지 못했다.

눈앞에 보이는 처참한 광경을 보고도 예쁘다고 말할 수도, 그렇다고 솔직하게 말할 수도 없었기 때문이다.

 아까는 어두워서 그저 문양인 줄 알았지만, 바닥은 흰색 바탕에 검은색의 화려한 패턴이 가득 그려져 있는 타일이었다.

 벽지는 더 가관이었다.

 그냥 짙은 녹색인 줄 알았던 벽지에는 어두운 갈색 톤에 꽃과 나무가 잔뜩 그려진 화려한 패턴을 가지고 있었다.

 오죽했으면 그려진 패턴들이 너무 가득 차 있어서 갈색의 배경인 벽지가 녹색인 줄 알았겠는가.

 벽과 바닥에 가득한 문양들 덕분에 도진의 정신은 혼미해질 지경이었다.

 재희는 아무 말도 없는 도진의 모습에 한숨을 푹 쉬며 말했다.

 "그냥 솔직하게 말해도 돼요."

 그 말에 도진이 머뭇거리다가 입을 열었다.

 "가게가 참 개성적이네요. 하하."

 머쓱하게 덧붙인 웃음에 도진의 말에는 전혀 영혼이 보이지 않았고, 덕분에 도진의 진심을 느낀 재희의 얼굴에 실망이 가득 담겼다.

 "결국 도진의 취향도 아닌가 보군요."

 재희는 아쉬움에 입맛을 쩝 다시며 말을 덧붙였다.

"다들 그러더라고요. 제 눈에는 진짜 예쁜데."

이미 한두 번 그런 얘기를 들은 게 아닌 듯 재희의 얼굴에는 체념이 담겨 있었다.

도진은 방금 전 자신의 말에 상처를 받은 듯한 재희의 모습에 미안한 마음이 생기려고 했으나, 아무리 그래도 예쁘지 않은 걸 예쁘다고 할 수는 없었다.

재희의 미적 감각은 아무리 봐도 영 꽝이었다.

자신이 과거에 미술을 전공해서 기준이 높은 게 아니라, 그냥 잘 모르는 사람이 봐도 그럴 것이 분명했다.

재희 본인도 그렇게 말하지 않았는가.

'다들 그럴 만하지.'

심지어는 화려한 패턴의 벽지 위로는 고풍스러운 액자에 위풍당당한 뿔을 가진 사슴 머리 모양이 장식되어 있는 것을 보고 도진은 할 말을 잃었다.

이 인테리어는 도대체 무엇을 표현하고 싶었던 것인지 알 수 없었다.

그중에서도 도진이 가장 경악한 부분은 사슴 머리였다.

사냥을 오락처럼 여겨 야생동물을 선택적으로 사냥하고, 사냥한 동물의 머리나 뿔, 가죽 등을 기념으로 박제하는 것을 헌팅 트로피라 불렀고.

보통 저렇게 뿔을 가진 동물들은 머리를 그대로 잘라 박제하는 경우가 많았다.

어쩌다 저런 장식이 이 화려한 벽지 위에 올라간 것인지 알 수 없었다.

심지어는 저게 진짜인지 가짜인지도 잘 구별되지 않았다.

도진은 애써 당황스러운 표정을 숨기고 재희에게 물었다.

"저 사슴 머리는 도대체 뭔가요? 진짜 헌팅 트로피인 건가요?"

"에이, 설마 그럴 리가요."

도진의 말에 재희가 손을 휘저으며 대답했다.

"가게 새로 오픈한다고 했을 때 친구가 선물로 준 거예요. 동양인이 혼자 가게를 운영하다 보면 위험할 수도 있으니까 저런 거라도 달아 놓고 가끔 장총도 밖에 놔두면 무서운 사람인 줄 알 거라고요."

웃음기 가득한 그의 말에 도진은 한시름 덜었지만, 그게 문제가 아니었다.

이런 가게에서 장사가 된다는 것이 믿기지 않았다.

"테이블은 이게 다인 건가요?"

"4인석 테이블 다섯 개하고, 여기 바에서도 음식을 먹을 수 있어요. 가게가 풀로 차면 32명 정도예요."

재희는 도진의 물음에 바의 자리를 손으로 톡톡 치며 말했다.

'테이블은 그나마 평범한 거라서 다행이라고 해야 하나…….'

도진은 이 총체적 난국 속에서도 '밀 하우스'는 리뷰가 그렇게 많이 달리고 바쁘다는 것이 놀라울 따름이었고, 그 비결이 도대체 무엇인지 궁금해질 정도였다.

"홀이 만석이 될 때도 있나요?"

"물론이죠. 일곱 시쯤 되면 거의 다 차서 여덟, 아홉 시에 오면 자리가 없어서 기다리거나, 포장해 가는 분들도 계세요."

"포장도 해요?"

포장도 한다는 말에 놀란 도진이 다시 되물었고, 재희는 별일 아니라는 듯 대수롭지 않게 대답하며 그를 주방으로 이끌었다.

"그럼요. 배달도 하는걸요. 이제 주방으로 가 볼까요?"

포장을 한다는 것까지는 그러려니 했지만, 이내 배달도 한다는 재희의 말에 놀라기를 잠시.

도진은 재희가 이끄는 대로 주방으로 향했고 홀의 두 배는 되어 보이는 주방의 모습에 더욱 놀랄 수밖에 없었다.

"주방은 또 왜 이렇게 커요?"

"리모델링 공사하면서 홀이랑 주방 사이즈를 좀 바꿔 봤죠. 사실 홀에서도 이렇게 장사가 잘될 줄 알았으면 반반으로 타협했을 텐데……."

재희는 아쉬운 듯 입맛을 쩝 다시며 말했고, 그에 도진이 궁금한 듯 물었다.

"아무리 그래도 보통은 홀이 더 크지 않나요? 이런 레스토랑은 처음 보는 것 같아요. 심지어 여기는 저녁 늦게까지 하니까 술을 마시러 오는 사람도 많을 것 같은데."

그 물음에 재희가 머쓱하게 웃으며 뒷머리를 긁적였다.

"사실 여기가 전에도 식당이었거든요. 그냥 가정식. 진짜 집밥 판매하는 그런 곳이었는데, 그때는 장사가 이렇게 잘되지 않았어요."

기껏해 봐야 하루에 재료값보다 조금 더 버는 수준이었다며, 그래서 지금처럼 잘될 줄 모르고 그냥 적당히 생활비만 벌어 보자 하는 생각으로 처음에는 배달과 포장 위주의 가게를 만들 생각이었다고 말한 재희는 한숨을 푹 쉬었다.

"사실 가게에 손님이 이렇게 몰리기 전만 해도 주방에는 저 혼자로도 충분했거든요."

"그럼 어쩌다가 이렇게 사람이 몰리게 된 건가요?"

"그 메뉴를 넣고 난 이후부터인 것 같아요."

"그 메뉴요?"

재희의 한숨 섞인 말에 도진은 의아한 듯 고개를 갸웃하며 되물었다.

보통 저렇게 말할 만한 메뉴는 레스토랑의 시그니처 메뉴가 대부분인데, 리뷰에서는 꼭 먹어 보라며 추천한 메뉴들이 다 제각기여서 재희가 말하는 메뉴가 무엇인지 도진은 도통 알 수 없었다.

도진의 물음에 재희는 그제야 자신이 메뉴판조차 보여 주지 않았다는 것을 깨닫고는 도진에게 잠시만 기다리고 있으라며 말한 뒤.

다급히 홀에 다녀온 재희의 손에는 빳빳한 재질의 작은 종이가 붙어 있었다.

"자, 이게 우리 메뉴예요."

재희가 건네준 종이를 받은 도진은 어쩐지 익숙한 듯한 기분을 떨칠 수 없어 그에게 물었다.

"그러니까, 이거 그거죠? 보통 배달 음식 시키면 오는 그 메뉴판?"

"네, 맞아요. 보통 포장할 때 하나씩 챙겨 드리면 다음에도 이거 보고 포장이나 배달 주문을 시키고는 하시죠."

설마하니 이것을 미국에서 보게 될 줄은 몰랐던 도진은 신기한 듯 앞뒤로 종이를 살폈다.

메뉴들이 적혀 있는 뒤편에는 흰색 백지였고, 위쪽에는 검은색의 네모난 무언가가 붙어 있었다.

"이거 혹시 자석인가요?"

"맞아요. 냉장고에 붙여 두라고 만들었죠. 흐흐"

배가 고파 냉장고를 열려다가 냉장고에 붙어 있는 메뉴판을 보고는 배달시키기를 기대하며, 메뉴판은 주문하고는 일일이 뒤에 자석을 붙였다며 말하는 재희의 모습에 도진은 고개를 끄덕였다.

그가 미적 감각은 독특해도, 사업 수완은 나쁘지 않은 것 같았다.

'그러니까 저런 인테리어인데도 1년이 넘도록 가게를 유지하고 있는 거겠지.'

도진은 천천히 메뉴판을 정독하기 시작했다.

그런데 여기서도 무언가 이상한 점을 발견했다.

"그, 메뉴판이요……."

도진은 자신이 본 것이 맞는지 이해할 수 없다는 듯 의문이 가득한 표정으로 입을 열었다 닫기를 반복하며 몇 번이고 메뉴판을 확인했다.

그 모습에 답답했던 재희가 되레 물었다.

"무슨 궁금한 점이라도 있나요?"

"그러니까, 이게 다 판매되는 메뉴인 거죠?"

"네, 맞아요. 무슨 문제라도 있나요?"

재희의 대답에 도진은 도저히 믿을 수 없는 표정으로 재희를 바라보며 물었다.

"아까 주방에 혼자서도 충분했다고 말하지 않았어요?"

"네. 그런데 '그 메뉴'를 넣고 나서는……."

"그 메뉴가 뭔지는 둘째 치고 지금 이 많은 다양한 요리를 파트도 나누지 않고 셰프님이 혼자서 다 만드셨다고요?"

도진이 이렇게 놀랄 수밖에 없었던 이유는 다름 아닌 메뉴가 주된 하나의 장르가 아니었기 때문이다.

천재셰프
회귀하다

메뉴판에는 한식뿐만 아니라 일식과 중식, 그리고 양식까지.

심지어는 퓨전 메뉴로 보이는 메뉴들도 있었다.

"이걸 지금까지 혼자 다 소화하셨다고요?"

놀란 도진의 물음에 재희는 별일 아니라는 듯 대수롭지 않게 대답했다.

"그럼요. 지금까지는 혼자서도 충분했죠."

"그러면 그 메뉴가 도대체 뭐길래 셰프님이 더 이상 혼자 하기 힘들다고 하시는 거예요?"

재희는 도진의 물음에 머쓱한 미소를 지으며 우물거렸다.

"아, 이거 들으면 좀 웃을지도 모르는데, 웃으면 안 돼요?"

"알겠어요. 그래서 무슨 메뉴인데요?"

머뭇거리는 재희의 모습에 도진이 그를 재촉하며 되묻자 재희가 그제야 입을 열었다.

"'주인장 마음대로'요."

도진은 재희의 대답에 자신이 들은 게 맞는지 확인하기 위해 다시금 그를 똑바로 바라보며 되물었다.

"네? 메뉴 이름이 뭐라고요?"

그에 재희가 민망한 듯 얼굴을 붉히며 다시 한번 더 그에게 말했다.

"'주인장 마음대로'요."

바닥으로 기어 들어가는 듯한 목소리로 대답하는 재희의 모습에 도진은 황당한 듯 그에게 물었다.

"그건 도대체 어쩌다가 생긴 메뉴인 거예요?"

"그게 이전에 어머니가 가게를 운영하실 때부터 꾸준히 오던 단골손님이 한 분 계셨는데……."

재희는 자신이 가게를 운영하기 시작한 뒤에도 그 손님은 꾸준히 이곳을 찾아 주었고, 홀에서 식사를 하고 맥주 한 잔을 하고 가는 일이 허다했다며 입을 열었다.

가게에 있는 대부분의 메뉴를 먹어 본 손님은 한 날.

무언가 새로운 메뉴가 먹고 싶은데, 무엇을 먹어야 할지 모르겠다며 재희에게 추천을 부탁했고.

마침 재희의 머릿속에는 손님이 좋아할 것 같은 메뉴가 스쳐 지나갔고, 덕분에 손님은 메뉴에도 없는 재희가 마음대로 만든 요리를 맛보았다고 말했다.

"메뉴가 너무 마음에 든다며 다음에도 시켜 먹어야겠다고 메뉴 이름을 물어보는데 거기서 뭐라고 대답하겠어요."

당황한 나머지 재희는 저도 모르게 '*오마카세(*손님이 주방장에게 메뉴 선택을 맡기고 주방장이 그때그때 엄선한 식재료로 요리를 만들어 내는 것)'라고 대답했지만.

그를 이해할 리 없었던 미국인 손님은 재희에게 그 뜻이 무엇인지 되물었다고 했다.

그에 더욱 당황한 재희가 저도 모르게 "주인장 마음대로." 라며 말해 버린 뒤.

손님은 이후 가게에 올 때마다 그 메뉴를 시켰고.

그 모습을 지켜보던 다른 손님들에게도 알음알음 퍼지기 시작해 결국 메뉴에까지 정식으로 오르게 되었다며 말하는 재희의 모습에 도진은 신기하다는 듯 그를 바라보았다.

'정말 알면 알수록 뭐 하는 사람인지 모르겠네.'

처음에는 그저 식당을 운영하는 사람이라고 생각했는데, 지금껏 하는 엉뚱한 행동들은 물론이고 쉽지 않은 인테리어에 가게를 운영하는 방식.

그리고 특이하지만 관심을 끄는 메뉴까지.

도무지 종잡을 수 없는 재희의 모습에 도진은 더욱 그의 요리 실력이 궁금해지기 시작했고.

결국 참지 못한 도진은 재희에게 말했다.

"혹시 저도 '주인장 마음대로.' 하나 시킬 수 있을까요?"

그 말에 재희가 경악을 하며 대답했다.

"악! 도진 씨까지! 정말, 민망해 죽겠어요."

재희는 부끄러운 듯 얼굴을 양손으로 몇 번 쓸더니 이내 주방 입구에 걸려 있던 앞치마를 꺼내 두르며 말했다.

"공항 도착하자마자 온 거면 어차피 아직 식사 전이죠? 이렇게 된 거, 주방 안내보다는 우선 식사 먼저 하죠."

　재희는 어린 시절부터 요리사가 되는 것이 꿈이었다.
　미슐랭이니 셰프니 하는 그런 거창한 이름이 붙는 것이 아
닌 정말 그저 '요리사', 그러니까 요리를 하는 사람이 되고 싶
었다.
　언제나 요리를 하는 어머니의 뒷모습을 보고 자라 그렇게
된 것일지도 몰랐다.
　어린 시절 이민을 온 재희는 처음 낯선 학교와 친구들에
적응하기 힘들어했고.
　덕분에 학교가 끝나면 집에서 시간을 보내는 경우가 많았
다.
　친구도 없이 집에서 있기만 심심했던 어린 재희는 집 바로
아래층에 있는 어머니가 운영하는 가게에 내려가 노는 것을
즐겼다.
　어차피 손님도 그리 많지 않았던 것은 물론이고.
　그렇게 재희가 내려가면 자주 오는 단골손님들은 재희를
알아보고 가끔 용돈을 쥐여 주기도 했기 때문이다.
　어릴 때는 그저 어머니가 요리를 만들어 오면 재희가 테이
블로 옮기는 단순한 서빙을 도왔다면.

재희가 좀 더 크고 난 뒤에는 주방에 발을 디딜 수 있었다.

위험한 것이 많기 때문에 언제나 조심 또 조심해야 한다며 말하는 어머니의 당부 덕에 평소에는 장난도 많이 치며 까불거리던 재희는 주방에서만큼은 진중한 모습을 보였다.

그렇게 항상 요리를 하는 어머니의 뒷모습을 보고 자랐으며, 종종 주방 일을 돕기도 했던 재희는 일찌감치 요리사를 꿈꿔 왔다.

남들이 말하는 미슐랭의 셰프가 되고 싶다는 생각까지는 하지 않았다.

그저 소소하게 자신이 하고 싶고 팔고 싶은 음식을 만들 수 있는 '내' 가게가 있었으면 좋겠다는 생각을 했다.

그렇게 CIA 요리학교에 입학해 전문적으로 요리를 배우고 '르 베르나르댕'에서 꼬미로 일하게 되었다.

이때 셰프와의 인연이 생긴 덕분에 스테판과도 안면을 트고 친하게 지내게 되어 도진이 이곳까지 오게 된 것이었다.

재희는 '르 베르나르댕'에서 꼬미를 벗어날 무렵.

문득 자신이 하려던 요리가 이런 요리가 맞는지에 대한 의문을 느꼈다.

'내가 하고 싶은 게 이게 맞나?'

어린 시절 자신이 꿈꿔 왔던 것은 이것보다 조금 더 편하고 가볍게 즐길 수 있었으며, 격식 없이 모두가 둘러앉아 먹는 식당이었다.

이민을 오게 된 덕분에 사귀게 된 다양한 인종의 친구들처럼 다양한 음식과 다양한 문화가 한 식탁 위에서 섞여 모두 어우러질 수 있는 그런 곳을 꿈꿔 왔다.

그러기 위해서는 다양한 경험이 필요했다.

재희는 그길로 '르 베르나르댕'에서 나온 뒤, 세계 여행을 시작했다.

처음 재희의 선택을 알게 된 부모님은 뭐 하러 번듯하게 좋은 레스토랑에 취직해 놓고는 사서 고생을 하느냐며 재희를 말렸지만.

아무리 말려도 재희의 고집은 꺾을 수 없었고, 결국은 아들의 선택을 존중할 수밖에 없었다.

나중에는 오히려 부모님이 재희의 세계 여행을 더욱 반겼다.

그가 가는 곳마다 보내 주는 선물과 편지에 이번에는 어느 나라에서, 어떤 선물과 어떤 여행을 즐겼는지 궁금해하셨다.

오죽하면 재희가 집에 돌아오자마자 이번에는 부모님께서 여행을 떠나신다고 하셨겠는가.

부모님은 이미 오래전부터 준비하고 계셨던 것처럼, 세계 여행을 마친 재희가 집에 돌아오자마자 집을 뛰쳐나가셨다.

'내 맘대로 하라고 이렇게 맡겨 놓고 갈 줄은 몰랐지.'

이미 모든 것을 계획해 두신 것인지 부모님은 재희에게 식당을 마음대로 해도 된다며 전권을 위임하고 떠나셨다.

심지어는 리모델링을 하고 싶으면 이곳으로 연락하라며 아버지와 함께 일했던 지인들의 연락처까지 남기고 가셨을 정도이니.

얼마나 아들이 돌아오길 기다리셨는지 알 법했다.

'물론 그 마음이 아들이 보고 싶어서라기보다는, 빨리 자신들도 여행을 가고 싶어서였던 거지만……'

그렇게 가 보고 싶은 곳을 가서 먹어 보고 싶었던 음식을 먹어 보고 현지에서 다양한 식당에서 알바를 하며 배우고 싶었던 많은 것을 경험한 뒤.

재희는 작게 가게를 시작할 생각이었다.

이전에 어머니가 장사하셨을 때를 떠올리면 생각보다 그렇게 많은 사람이 찾을 만한 위치는 아니었다는 생각 때문이었다.

그래서 일부러 홀을 더 작게 만들고 주방을 더 크게 만들었다.

남는 시간에는 요리 교실 같은 것을 운영해 볼 생각이었기 때문이다.

게다가 이렇게 주방이 크고 넓으면 요리 연구를 하기에도 좋을 것이라는 생각이었다.

그렇게 욕심을 부려서 주방을 크게 만든 것까지는 좋았다.

하지만.

가게는 생각보다 장사가 잘되었다.

처음 시작부터 사람들이 많이 찾지 않을 거라는 생각에 배달과 포장을 시작한 덕분인지.

음식을 맛본 사람들이 하나둘 홀에도 방문하기 시작했고, 주변 사람들에게도 소문이 나 재희의 생각보다 가게가 더욱 바빠지기 시작한 것이다.

그렇게 바빠지기 시작하며 재희는 이 넓은 주방을 제대로 쓸 틈도 없었다.

'요리 교실은커녕, 요리 연구도 제대로 못 하는 마당에 무슨……'

가게를 오픈하고 근 1년간 재희는 눈코 뜰 새 없이 바쁜 하루를 보내야만 했고.

주 6일을 일하고 하루를 쉬는 일주일을 보내다 보니, 쉬는 날이면 언제나 지쳐서 뻗어 있느라 아무것도 제대로 하지 못한 채 집에 널브러지는 나날을 보내던 재희는 결국.

버티다 못해 급하게 주방 인원을 한 명 더 구하기로 마음먹은 것이었다.

그렇게 급히 구인 공고를 올리고는 스테판에게 푸념식으로 이 얘기를 말했더니, 마침 지금 '르 베르나르댕'에 괜찮은 친구가 있다며 사람을 추천해 주는 게 아닌가.

그렇게 도착한 것이 바로 도진이었다.

'생각보다 더 어려 보이기는 하지만, 뭐 한국 나이로 성인이라고 했으니까. 게다가 스테판이 괜찮다고 했으면 일은 잘

하겠지.'

게다가 놀리는 맛도 있어 재희는 조금 신이 난 상태였다.

괜찮은 사람을 구한 것 같은 생각은 물론이고 주방에 이렇게 누군가와 있다는 것이 너무 오랜만이었기 때문이다.

어머니가 식당을 하실 적에는 종종 어머니의 일을 돕기 위해 주방에 들어왔을 때는 주방이 이렇게까지 크지 않아 둘이 있으면 조금 비좁게 느껴질 때도 있었다.

그때만 하더라도 자신의 주방을 가지게 된다면 무조건 이 것보다 두 배는 더 크게 만들 것이라고 생각했고.

재희는 그리 머지않은 미래에 그 꿈을 이뤄 냈다.

앞치마를 두른 재희는 자신을 기다리는 도진을 바라보며 물었다.

"혹시 메뉴 중에 뭐 먹고 싶은 거 있어요?"

도진은 재희에게 무엇이든 좋다며 말했고, 그 말에 재희는 고개를 끄덕이고는 큼직한 웍을 꺼내 화구 위에 올려놓고 물었다.

"혹시 매운 거 잘 먹어요?"

"네, 매운 것도 괜찮아요."

도진의 대답에 재희는 냉장고로 가서 재료 몇 개를 꺼내

오더니 칼질을 시작했다.

그러고는 재료 손질이 끝난 듯 화구에 불을 붙이고 식용유를 넉넉히 두른 뒤.

얇게 채를 썬 돼지고기를 넣고 볶기 시작하다가 대파와 생강, 양배추, 당근, 그리고 말린 고추를 넣고 웍질을 시작했다.

재료들이 어느 정도 볶이자 간장으로 향을 낸 재희는 소스가 되는 다른 재료들을 넣고 웍에 있는 것들을 한소끔 볶아내기 시작했다.

그러자 주방에는 맛있는 향이 풍기기 시작했지만, 도진은 아직 재희가 무엇을 만드는지 짐작할 수 없었다.

하지만 이내.

웍에 고춧가루와 사골 육수, 후춧가루와 물을 넣는 것을 보고는 이내 그가 무엇을 만드는지 알 수 있었다.

"혹시 지금 짬뽕 만드시는 거예요?"

"네, 맞아요. 이사한 날에는 역시 중식이죠."

그렇게 말하며 히죽거리는 재희의 모습에 도진은 두 손 두 발 다 들었다.

'뭐든 좋다고 말했더니 메뉴에도 없는 짬뽕을 만들 줄이야…….'

도진은 이 식당에 어쩌다 '주인장 마음대로.'라는 메뉴가 생긴 것인지 이제는 알 수 있을 것만 같았다.

짬뽕 국물은 순식간에 얼큰한 향내를 풍기며 완성되었다.

하지만 재희의 손은 멈출 줄 몰랐고.

아까 전 짬뽕을 위해 준비하는 줄 알았던 돼지고기에 튀김 반죽을 만들어 섞기 시작했다.

"설마 지금 탕수육도 만드는 거예요?"

"네. 저는 탕수육을 제일 좋아하거든요."

도진은 재희의 넉살에 고개를 저었다.

재희는 언제 켜 놓았는지도 알 수 없는 튀김기에 반죽을 조금 흩트리더니, 기름이 달아오른 것을 확인하고.

망설임 없이 기름에 고기를 투하했다.

주방에는 고소한 기름 냄새와 함께 소나기가 내리는 듯 맛있게 튀겨지는 튀김의 소리가 울려 퍼졌다.

"자, 얼른 드세요. 역시 이삿날에는 중식만 한 게 없죠."

홀의 테이블에 앉은 도진은 자신의 눈앞에 놓인 짬뽕과 탕수육을 바라보았다.

처음 재희가 요리를 하기 위해 앞치마를 메고는 자신에게 무엇을 먹고 싶냐고 물었을 때.

도진은 조금 고민하다가 그에게 추천해 달라고 말했었다.

그가 가장 자신 있는 메뉴를 만들어 주기를 기대했기 때문이다.

하지만 재희는 생각보다 도진의 예상 밖의 인물이었고, 자신 있는 메뉴가 아닌 상황에 맞는 메뉴를 내놓았다.

'추천해 달라고 했으니 그냥 메뉴 중에 가장 많이 팔리거나, 제일 자신 있는 메뉴를 만들어 줄 거라고 생각했는데, 이게 바로 '주인장 마음대로'라는 건가?'

확실히 재미있는 이벤트였다.

만약 자신이 방문한 식당에 이런 메뉴가 있다면 매번 어떤 메뉴가 나올지 궁금해 종종 이 메뉴를 주문하게 될 것만 같았다.

하지만 여기서 가장 중요한 것은 맛이었다.

마음대로 만든 음식이니만큼 도전이 될 수도 있었다.

그렇기에 마음대로 만든 그 메뉴가 손님의 마음에 들려면 결국 맛이 좋아야 했다.

재희는 '르 베르나르댕'의 헤드 셰프와 수 셰프가 실력 하나는 인정할 수 있다며 말한 사람이었다.

그런 이가 만든 음식은 과연 어떤 맛일까?

도진은 탕수육과 짬뽕을 바라보며 침을 꿀꺽 삼켰다.

재희는 그런 도진을 보고 무언가 착각한 듯 당황한 표정으로 물었다.

"어떻게 보면 도진 씨가 저희 집으로 이사하게 된 거니까 한번 만들어 본 건데, 혹시 중식은 별로 안 좋아하세요?'

그 말에 고개를 들어 재희를 바라본 도진은 다시 한번 눈앞에 놓인 음식과 재희를 몇 번 번갈아 보더니 물었다.

"아뇨. 아닙니다. 좋아해요."

"그럼 얼른 드시죠."

재희의 말에 도진이 숟가락을 먼저 들었다.

짬뽕 국물을 먼저 맛보기 위해서였다.

도진은 숟가락으로 짬뽕 국물을 한 입 떠서 맛보기를 몇 번.

그리고 이내 아무런 말도 없이 젓가락을 집어 짬뽕의 면을 먹기 시작했다.

그리고 탕수육까지 맛을 본 도진은 다시금 재희를 바라볼수밖에 없었다.

'도대체 어떻게 만든 거지?'

재희가 만든 짬뽕과 탕수육은 어지간한 중국집에서 시켜먹는 것보다 맛이 좋았다.

아니, 어쭙잖은 중국집과 비교하는 게 미안할 정도의 맛이었다.

짬뽕 국물은 묵직했지만, 그 맛이 깔끔하게 떨어졌다.

매콤하고 칼칼한 정도가 딱 좋았으며 거기에 해산물의 시원한 맛과 돼지고기의 기름진 맛이 한데 어우러져 조화를 이뤘다.

술을 마신 다음 날 해장을 하고 싶을 때면 꼭 생각날 것 같은 얼큰한 맛의 짬뽕이었다.

　게다가 탕수육은 한 입 씹으니 반죽은 어떻게 이렇게 바삭할 수 있을까 싶을 정도로 입안에서 바스러졌고, 고기는 부드럽게 끊어지며 입안에 육즙을 가득 메웠다.

　고소하고 기름진 맛의 탕수육은 그냥 먹어도 맛있을 정도였다.

　하지만 재희가 탕수육 소스라며 함께 내준 소스까지 같이 먹자 달콤하고 새콤한 맛이 곁들여져 기름진 맛에 질리지 않고 탕수육을 먹어 치울 수 있었다.

　도진은 한참 동안 젓가락을 멈추지 않고 탕수육과 짬뽕을 번갈아 가며 맛보았고.

　이내 식사를 마쳤을 때 도진의 앞에는 빈 그릇만 놓여 있었다.

　재희는 그 모습을 흐뭇하게 바라보며 도진에게 물었다.

　"음식이 입맛에 좀 맞으신 것 같아서 다행이네요."

　"맛있었어요, 정말로."

　진심이었다.

　퇴근하고 나면 힘이 들어 칼로리가 높은 음식을 찾게 되고 결국 기름진 음식 위주의 식사를 하는 경우가 많았기 때문에 도진은 한창 한국의 맛이 그리워지고 있을 무렵이었다.

　그런데 설마하니 로스앤젤레스에서 짬뽕과 탕수육을 먹게 될 줄이야.

상상도 못 한 일이었다.

도진은 물로 입안의 매콤한 맛을 한번 헹궈 낸 뒤.

티슈로 입가를 닦고 자신을 바라보고 있는 재희와 눈을 마주쳤다.

생글생글 웃으며 자신을 바라보는 재희를 잠시 바라보던 도진은 고민하다가 가장 궁금했던 것부터 그에게 물었다.

"셰프님, 도대체 주 전공이 뭔가요?"

"전공이랄 건 없고, 이것저것 다 해요."

"그게 가능한 건가요?"

"그래서 실력이 다 고만고만하죠. 저는 제가 하고 싶은 요리를 하기도 하지만, 손님들이 먹고 싶어 하는 요리를 만들기도 해요."

도진은 함께 앉아 식사한 그 자리에서 한참 동안 재희의 얘기를 들었다.

그가 어떤 인생을 살아왔고 어쩌다 요리를 시작하게 되었으며, 어떻게 지금에 이르렀는지까지.

모든 얘기를 들은 도진은 그제야 재희가 조금 이해되기 시작했다.

엉뚱한 그의 사고방식은 하나에 국한되지 않고 많은, 다양한 경험을 했기 때문에 가질 수 있었던 것이었다.

많은 이들이 일하고 싶어 하는 미슐랭 쓰리 스타의 파인다이닝을 뒤로한 채 자신이 정말 하고 싶은 일을 찾기 위해 떠났다는 것도 대단했지만.

그렇게 떠났음에도 불구하고 여전히 브라이언과 스테판과의 돈독한 친분을 유지하는 것도 대단했다.

게다가 얘기를 들어 보니 그들뿐만 아니었다.

여행을 다니면서 요리를 배웠던 이들과는 여전히 꾸준히 연락을 하며 안부를 묻는다는 것은 정말 쉽지 않은 이들이었다.

도진이 재희의 요리 실력과 친화력에 놀라고 있을 때.

재희도 마찬가지로 놀라고 있었다.

'설마하니 정식으로 요리를 배웠던 게 아니었다니.'

스테판에게 전해 듣기로는 아주 괜찮은 친구가 있다며 추천해 줄 때까지만 해도 재희는 도진이 미국에서 요리 학교에 다녔거나,

아니면 이미 다른 학교에서 요리를 전공했던 학생일 것이라고 생각했다.

그도 그럴 것이, 스테판과 브라이언 두 사람 모두 도진에 대해 칭찬했기 때문이다.

그들이 아무리 옆집 아저씨와 삼촌 같은 느낌을 준다고 해도 결국은 두 사람 모두 실력 있는 셰프였다.

다른 것은 몰라도 요리에 관해서는 그렇게 쉽게 실력을 인정할 리가 없다는 뜻이었다.

오히려 두 사람 다 알아주는 실력자인 만큼 더욱 깐깐하게 아래 사람들의 요리를 평가하고 비판했다.

하지만 요리사들은 날 선 그 말들조차도 실력 향상에 도움이 된다는 것을 알고 있었기에 겸허히 인정하고 수용할 정도였다.

그런 사람들에게 도진은 칭찬받았다.

그저 인성이나 근무 태도에서뿐만 아니라 '실력'으로.

그뿐 아니라 스테판은 재희와 통화를 하며 도진에 대해 길게 말했다.

그는 평소 누군가에 대해 그렇게 길게 말하는 사람이 아니었기 때문에 재희는 스테판이 말하는 도진이 궁금해졌다.

스테판은 처음 도진을 봤을 때는 영 미덥지 않았다고 말했다.

다양한 경험이 하고 싶었기 때문에 '르 베르나르댕'에 지원했다니.

이곳에서 일하고 싶어 하는 이들이 얼마나 많은데 고작 그런 이유로 뽑힐 수 있다고 생각한다는 것이 말도 안 된다고 생각했다고 말했다.

－하지만 오히려 도진과 일할수록 되묻고 싶어지더라. 도

대체 왜 경험이 필요한 거냐고.

스테판은 그만큼 도진의 실력이 뛰어나다고 말했다.

이력서에 적힌 경력은 아무것도 아니라고 생각했는데, 실력을 확인하니 그가 했던 레스토랑은 어떤 곳이었는지 궁금할 정도였다고.

그렇게 말한 스테판은 재희에게 지금 사람을 구하는 거라면 도진이 딱이라고 말했다.

도진의 경우 짧은 기간만 일하기를 원하기 때문에 그를 채용하면 새로운 사람을 구하기 전까지 자신의 몸도 편할뿐더러 다른 사람을 구하는 데 조금 더 꼼꼼히 볼 수 있을 것이라며 말이다.

재희는 스테판이 그렇게까지 말하는 사람은 처음이었기 때문에 더욱 도진이 궁금해졌고.

도진이 학교를 다니며 정식으로 요리를 배운 것이 아니라는 말에 더욱 놀라며 그의 실력을 빨리 확인하고 싶었다.

'르 베르나르댕'에서는 이미 나와 있는 메뉴들을 익히고 조리하는 과정이었겠지만 재희의 '밀 하우스'에서 도진에게 기대하는 것은 조금 달랐다.

특이한 메뉴가 있는 만큼 도진의 기본기는 물론 어떤 다양한 메뉴를 만들 수 있을지가 궁금했다.

재희는 빨리 도진이 요리하는 모습을 보고 싶었다.

천재셰프
회귀하다

두 사람은 서로를 알아가면 알아갈수록 더욱 서로에 대해
궁금한 점이 늘어만 갔다.

도진은 재희와 대화를 하면 할수록 즐거워져 시간이 가는
줄도 몰랐다.

요리를 대하는 그의 태도도 재미있었고,

두 사람이 식사를 마친 뒤에도 정신없이 떠들고 있을 때.

가게의 문이 열리는 소리와 함께 우렁찬 인사가 들려왔다.

"좋은 오후!"

갑작스러운 인사에 도진이 고개를 돌려 소리가 난 쪽을 바
라보자, 그곳에는 멜빵바지를 입고 쾌활한 표정을 한 소녀가
보였다.

한눈에 봐도 앳된 얼굴이 자신과 그다지 차이가 나지 않을
것 같은 그녀가 왜 이렇게 이곳에 자연스럽게 들어와 인사를
하는지 알 수 없었던 도진은 자연스럽게 재희를 바라보았고.

재희는 그런 도진의 의문에 답하듯 그녀에게 반갑게 인사
를 하며 서로를 소개해 주었다.

"오늘은 웬일로 일찍 왔네. 인사해. 여기는 도진 씨. 오늘
부터 한동안 우리랑 같이 일하게 될 분이고. 도진 씨, 이쪽은
우리 아르바이트생 한나. 서로 인사해요."

도진은 자신을 소개하는 재희의 말에 일어나 한나에게 손을 뻗으며 영어로 인사를 건넸다.

"반갑습니다. 김도진입니다."

그러자 한나는 자신의 손을 옷에 쓱 닦더니 도진의 손을 맞잡으며 대답했다.

"저는 한나입니다! 새로운 사람이 온다고 해서 너무 궁금했었는데, 잘 부탁해요."

이국적인 외모의 그녀가 유창하게 한국말을 하며 대답하자 도진은 눈을 크게 뜨며 놀란 표정을 지었고, 그 모습에 한나는 익숙한 듯 웃음을 터트리며 자신의 소개를 덧붙였다.

"아빠가 한국분이시고, 지금 LA에 살고 있어요! 이 정도 한국말은 기본이죠."

그러고는 이내 도진에게 물었다.

"그보다 몇 살이에요? 나랑 동갑이라고 들었는데 맞아요?"

쏘아붙이듯 묻는 한나의 모습에 도진은 겨우 정신을 차리고는 그녀의 질문에 대답했다.

"저는 스무 살입니다. 한나 씨는요?"

도진의 대답에 한나는 잡고 있던 손을 양손으로 소중히 잡더니 그에게로 바짝 붙으며 눈을 빛냈다.

"대박 나도 스무 살. 우리 말 편하게 하자!"

그녀의 텐션에 놀란 도진은 당황한 표정을 지을 수밖에 없었다.

'원래 스무 살은 다들 이런 친화력인가?'

자주 연락하는 사람들은 일과 관련된 사람들이거나 함께 프로그램을 촬영했던 형, 누나 들이었기에 주변에 자신과 나이가 비슷하거나 어린 사람이라고는 기껏해야 동생뿐이 었다.

그렇기에 그녀의 갑작스러운 텐션에 당황한 채 몸을 뒤로 빼 원래 스무 살은 다들 이런 것인지 헷갈리고 있을 때.

두 사람을 지켜보고 있던 재희도 그 틈을 타 두 사람에게 바짝 붙으며 말했다.

"뭐야, 뭐야. 그럼 나도 말 놓을래! 우리 다 말 편하게 하죠. 도진 씨!"

도진은 그런 재희의 모습에 지금껏 만나 왔던 사람들을 쭉 떠올리고는, 이내 두 사람의 활력이 남다르다고 결론을 짓고 체념한 듯 고개를 끄덕이며 대답했다.

"네, 그러죠. 아니, 그러자."

알 수 없는 밀 하우스에서 도진의 첫날이 시작되고 있었 다.

※

한나는 도진과 재희가 언제부터 이렇게 앉아서 대화를 나누고 있었는지 얘기를 듣고는 기겁하며 재희를 바라보았다.

"오늘 장사할 생각 없는 게 분명해! 그렇지?"

그녀가 이렇게 놀란 건 다름 아닌 오픈 30분 전이었기 때문이다.

도진은 그녀의 말에 덩달아 당황하며 놀란 눈으로 재희를 바라보았지만, 재희는 어쩐지 태연한 표정을 하고 있었다.

"벌써 시간이 그렇게 됐나? 이제 슬슬 일어나야겠네."

"이제 슬슬 일어나? 그게 말이야, 방구야. 지금 시간이 몇 신데, 오늘 장사는 어떻게 하려고 준비도 안 하고 이러고 있는 거야?"

천연덕스러운 재희의 반응에 한나는 재희를 닦달하기 시작했고, 아직 이 가게가 어떻게 돌아가는지 아는 게 없었던 도진은 그저 그런 두 사람을 바라볼 수밖에 없었다.

오늘 장사는 글렀다며 한숨을 푹푹 쉬는 한나와 철딱서니 없는 모습으로 신이 나서는 '그럼 오늘 장사는 쉴까?'라며 말하는 재희의 모습에 도진은 피식 웃음을 터트렸다.

'누가 사장이고 누가 알바인지 알 수가 없네.'

도진은 두 사람이 티격태격하는 사이 테이블에 있던 그릇들을 치워 주방으로 향했다.

한나가 장사 준비가 안 되었을 게 분명하다고 말한 것치고 주방은 꽤나 정갈하게 재료 준비들이 되어 있었다.

'역시 아까 내가 본 게 맞았군.'

천재셰프
회귀하다

도진은 냉장고를 뒤적거리며 준비된 재료들을 확인했다.

아까 전 훑어본 메뉴에 사용될 법한 재료들은 저마다 1인 분씩 잘게 나뉘어 냉장고, 또는 냉동고에 있었다.

저마다의 자리라는 것을 알 수 있을 만큼 깔끔하게 준비된 모습이었다.

그뿐 아니라 자주 쓰이는 기본 재료들은 조리대 바로 아래의 냉장고에 준비되어 있었고.

기본으로 나가는 듯한 반찬은 홀로 나가는 입구에 놓인 반찬 냉장고에 모두 준비된 듯했다.

'분명 내가 도착하기 전에 모두 준비해 둔 것이겠지.'

재희는 이미 이렇게 될 줄 알았다는 듯 모두 준비해 놓고 도진을 반긴 것이 틀림없었다.

그것을 알 리 없었던 한나는 애꿎은 재희만 탓하고 있었고, 재희는 그에 별다른 반박을 하지 않은 채 그저 한나가 자신을 나무라는 것을 지켜만 보고 있었다.

마치 한참 어린 여동생을 바라보는 큰오빠와 같은 모습이었다.

두 사람이 도무지 어떤 관계인지 알 수 없었던 도진은 그저 궁금증만을 남긴 채, 주방에서 홀로 정리하고 있었고.

홀에서는 두 사람이 투덕거리는 소리만이 들렸다.

도진이 어느새 조금 전 사용했던 팬과 그릇, 그리고 주방 기구까지 다 정리했을 때쯤.

재희가 머쓱하게 머리를 긁으며 주방으로 들어왔다.

"혼자 다 정리했어? 같이하지."

"괜찮아요. 얼마 되지도 않았는걸요."

도진의 말에 재희는 무언가 마음에 들지 않는 듯 눈을 찌푸리더니 이내 말했다.

"우리 다 같이 말 놓기로 한 거 아니었어? 편하게 형이라고 불러도 되는데……"

그 말에 도진은 난처한 표정을 지으며 대답했다.

"알겠어요. 아니, 알겠어, 재희 형. 존댓말이 입에 붙어서, 말을 편하게 하는 게 익숙해지지 않네. 그보다 그럼 나는 오늘 뭐부터 해야 해?"

어색하지만 말을 편하게 하는 도진의 모습에 재희는 그제야 마음에 든다는 듯 고개를 끄덕이며 대답했다.

"오늘은 첫날이니까, 내가 조리하는 거 보고 옆에서 레시피 암기하면 될 것 같아."

재희는 주방 구석에 있는 라커를 뒤적이더니 앞치마를 하나 꺼내 도진에게 건넸다.

"바쁠 때는 자세하게 설명해 줄 수 없으니까, 궁금한 게 있으면 메모하거나 기억해 놨다가 좀 여유로워지면 물어보는 걸로 하자. 스테판한테 듣기로는 레시피 따는 실력이 수준급이라고 들었으니까, 기대해도 되겠지?"

재희의 눈빛에는 과연 도진이 얼마나 따라올지 궁금한 듯 기대가 잔뜩 섞여 있었다.

그 모습에 도진은 알 수 없는 부담감을 느꼈지만, 이내 자신 있게 고개를 끄덕이며 대답했다.

"물론이지. 오늘이 지나기 전에 모두 마스터해 주겠어."

"좋았어! 그러면 오늘 한바탕해 보자고."

자신감 넘치는 도진의 말이 마음에 들었는지 재희는 도진의 등짝을 팍 치고는 크게 미소 지었다.

그리고 이내 도진에게 말했다.

"그리고 우리는 포장이랑 배달도 많이 나가니까 한나한테 포장 어떻게 나가는지 설명 듣고 들어오면 될 것 같아."

재희의 말에 도진은 문득 의아함을 느꼈다.

미국에서 배달이라니.

도진이 회귀를 하기 이전이라면 모를까 지금은 기껏해 봤자 피자 배달이 다일 시기였다.

자신이 알기로 미국에 배달앱이 본격적으로 들어서기 시작한 것은 분명 몇 년이나 뒤의 일이었다.

그런데 이곳, '밀 하우스'는 이미 배달을 하고 있다니.

도무지 어떻게 주문받고 어떻게 배달이 나가는지 알 수 없었던 도진은 궁금증을 참지 못하고 재희에게 물었다.

"재희 형, 근데 포장은 그렇다 치고 우리 배달은 어떻게 나가는 거야?"

"한나가 전화로 주문받고 한나 친구들이 돌아가면서 배달해 줘. 알바비에 팁도 끼워서 주니까 쏠쏠하다고 하고 싶다는 사람이 줄을 섰지."

재희가 뿌듯한 미소를 지으며 말했고, 도진은 그런 재희를 보며 감탄했다.

한국이야 워낙에 배달 문화가 성행하다 보니 배달이 안 되는 음식이 거의 없을 지경이었지만, 미국은 말이 달랐다.

워낙에 땅덩어리가 넓기도 했고 마땅히 배달앱이 자리 잡은 것도 아니었기에 가게에서 혼자 배달을 시작한다는 게 쉽지 않은 일이었을 것이었다.

그러나 이렇게 가게 매출에 포장은 물론이고 배달이 큰 비중을 차지할 수 있다는 게 놀라울 따름이었다.

"어떻게 배달할 생각을 한 거야?"

"한국은 배달이 안 되는 게 없잖아. 그러니까 우리도 못 할 건 없다고 생각했지. 여기는 미국의 작은 한국이었고, 내가 패키지만 잘해 놓으면 충분히 가능성 있다고 생각했지. 운이 좋게 배달 일을 하겠다는 친구들도 많았고."

"대단하네."

"에이, 말이 그렇지 뭐. 사실 배달은 한나가 실세야. 주문도 한나가 받고 배달도 한나가 보내는걸."

우스갯소리를 하듯 말하며 넘기는 재희였지만, 생각만 할 수도 있었을 일을 이렇게 직접 실행에 옮겼다는 점에서 도진은 재희에게 박수를 치고 싶었다.

쉽지 않은 일이었겠지만 우선 시도를 했다는 것 자체가 대단한 일이었기 때문이다.

도진은 재희에게 엄지를 척 들이밀고는 이내 한나에게 향했다.

포장은 물론이고 배달이 어떻게 나가는지 궁금했기 때문이다.

홀로 나가자 바에서는 한나가 한창 오픈 준비를 하고 있었다.

테이블은 모두 깨끗하게 닦여 반짝거리고 있었고, 홀의 바 자리도 마찬가지였다.

한나는 행주를 들고 열심히 바 구석구석의 먼지들을 닦고 있었다.

도진은 조심스럽게 그녀에게 다가가 물었다.

"한나, 뭐 도와줄 건 없어?"

"오, 뭐야, 젠틀맨 같아. 지금은 준비 거의 다 해서 뭐 없는데, 음."

한나는 도진의 말에 고민하는 표정을 지으며 홀을 두리번거렸고, 이내 마땅한 답이 나오지 않는 듯 도진을 향해 말했다.

"아쉽게도 내가 준비를 너무 빨리 끝냈나 봐. 정말 없어."

그 말에 도진이 씩 웃으며 말했다.

"그럼 혹시 나 포장이랑 배달 어떻게 나가는지 설명 좀 해 줄 수 있어?"

그 말에 한나는 당했다는 표정을 지으며 대답했다.

"젠틀맨은 무슨. 애초에 그게 목적이었구나?"

"도와줄 거 없냐는 말은 진심이었어. 다음에 오픈 준비할 때는 내가 도와줄게. 그리고 포장은 재희 형이 너한테 설명 들으라고 해서…….."

도진은 머쓱하게 뒷머리를 긁적이며 말했고, 그런 도진의 모습에 한나는 한숨을 내쉬며 말을 이었다.

"재희 오빠는 자기가 설명할 수도 있으면서 귀찮으니까 또 나한테!"

한나의 반응을 보아하니 이런 적이 한두 번이 아니었던 듯했다.

씩씩거리면서도 익숙하게 설명을 하기 위해 준비하는 한나의 모습을 보며 도진은 웃음을 터트렸지만, 이내 자신을 쏘아보는 한나의 눈길에 입꼬리를 내릴 수밖에 없었다.

"한 번만 설명할 테니까, 잘 들어야 해! 곧 오픈 시간이라 자세하게는 설명 못 해 줘."

한나가 시계를 힐끔거리는 시선을 따라 도진도 시간을 확인했다.

3시가 되기 고작 10분 전이었다.

"보통 포장이나 배달은 내가 전화로 주문을 받게 되는 경우가 대부분이라, 빌지에 테이크아웃이라고 적혀 있을 거야. 그럼 이제 주방에서는 완성된 음식을 그릇이 아니라 이런 포장 용기에 담아 줘야 하는 거고."

한나는 빠르게 말하며 설명을 이어 가며 포장 용기의 종류를 꺼내 보여 주었다.

정신이 없을 정도로 빠르게 말하는 그녀의 모습에 도진은 그런 모습이 잘 이해가 되지 않았다.

물론 오픈 전에 모든 준비를 마치고 설명까지 끝내 놓는다면 좋을 테지만, 그게 아니더라도 오픈 직후에 충분히 설명할 시간은 있을 터였다.

그런데 왜 이렇게 급하게 설명하는 것일까?

도진은 시계가 2시 55분에 다다른 시점.

이내 그녀의 뜻을 이해할 수 있었다.

문밖에는 하나둘씩 사람들이 모여든 듯 웅성웅성하는 소리가 들리기 시작했다.

놀란 도진은 한나를 향해 물었다.

"혹시, 밖에 벌써 손님들이 대기하고 있는 거야?"

누가 봐도 어리둥절하게 믿을 수 없다는 뉘앙스를 풍기고 있는 도진의 모습에 한나는 꽤나 뿌듯한 듯한 표정을 지으며 대답했다.

"물론이지!"

그러고는 이내 말을 덧붙였다.

"아직 이걸로 놀라긴 일러. 우리 가게가 장사가 좀 잘되는 편이거든."

자신만만한 한나의 말에 도진은 아무리 해 봤자 이 작은 홀을 가지고 있는 가게에 얼마나 많은 손님들이 들어차겠는가 하는 마음이었다.

하지만 이내.

가게의 문이 열리고 그 생각을 바꿀 수밖에 없었다.

"여기 볶음밥 두 개!"

"주인장 마음대로 하나하고 까르보나라 하나!"

"한나, 여기 주문한 건 언제 나와?"

"네, 네 잠시만요!"

좁은 홀은 언제 텅 비었었냐는 듯 붐비기 시작했다.

그뿐 아니었다.

쉴 새 없이 울리는 전화에 한나는 그야말로 발이 보이지 않을 정도로 움직이며 서빙을 하는 것과 동시에 주문을 받고, 전화를 받아 포장과 배달 주문을 받았다.

그 모습을 지켜보던 도진은 어느새 주방에 들어가 봐야 한다는 사실도 잊은 채, 잠시 동안 그녀를 지켜볼 수밖에 없었다.

한나는 바에 서 있는 그런 도진을 귀찮다는 듯이 밀며 말했다.

"뭐 해? 주방 안 들어가?"

그에 정신을 차린 도진은 얼결에 고개를 끄덕이고는 주방으로 들어왔고.

이내 주방도 별반 다르지 않은 모습에 놀란 채 재희를 향해 물었다.

"여태 둘이 이렇게 장사했었던 거예요?"

"응, 맞아. 우리가 좀 바쁘지?"

태연하게 웍을 돌리며 말하는 재희의 모습에 도진은 당황스러운 마음을 감출 수 없었다.

'이게 좀 바쁜 거라고?'

쉴 새 없이 들어오는 빌지와 홀에서 주문을 하기 위해 목소리를 높이는 소리, 그리고 끊긴 듯하면 또다시 울리는 전화벨 소리까지.

도진은 그저 아무 말도 하지 못한 채 넋을 놓고 속으로 외칠 수밖에 없었다.

'이건 조금 바쁜 게 아니잖아!'

동일한 맛

보통의 주방이라면 홀이 가득 차고 주문이 밀려 들어왔을 때.

정신없이 한 차례 바쁘게 주문을 쳐 내고 나면 잠시나마 숨을 돌릴 틈이 존재했다.

하지만 도진은 여전히 정신없이 바쁜 주방 속에서 과연 이게 맞는 것인지에 대한 생각을 하고 있었다.

"도진아, 여기 볶음밥 포장 용기 좀!"

"포장 픽업 왔는데 언제 다 돼?"

물론 생각만 할 틈은 없었다.

"포장 금방 나가!"

홀을 향해 뚫려 있는 창구에다 대고 소리친 도진은 이내 포장 용기를 꺼내 재희에게 건네고 다음으로 나갈 음식이 무엇인지 확인하기 시작했다.

'국밥 하나랑 떡볶이에 모둠 튀김, 그 다음이 쟁반짜장 2인분.'

도진은 주방에서 재희의 일을 지켜보며 그가 어떤 식으로 일을 하는지 알 수 있었다.

그가 만들어 둔 메뉴들은 재료만 미리 준비해 둔다면 얼마든지 금방 나갈 수 있는, 일종의 패스트푸드가 많았다.

국밥이나 떡볶이, 튀김 등은 판매량을 예측해 미리 만들어 두어 주문이 들어오면 단시간 내에 재조리해서 나가는 방식이었고.

그 외에 다른 메뉴들의 경우 각 1인분당 프랩을 만들어 두어 빠르게 조리할 수 있도록 준비되어 있었다.

재료 손질을 할 필요가 없으니 빠르게 조리를 할 수 있는 것은 물론이고, 미리 만들어 둘 수 있는 메뉴들도 인기가 많아 잠깐이나마 숨을 돌릴 수 있는 틈도 있었다.

게다가 다양한 메뉴들이 섞여 있었지만, 우선순위와 순서만 제대로 생각하고 만들 수 있다면 한 테이블에서 주문한 메뉴가 한꺼번에 나갈 수 있었다.

코스 요리가 아닌 단품으로 판매하는 레스토랑이었기 때문에 가능한 일이기도 했다.

물론 그렇다고 해서 혼자서 일을 처리할 만큼 여유롭지는

천재셰프
회귀하다

않았다.

지금껏 도진이 지켜본 재희는 주방에서 거의 날아다니다시피 했다.

주문을 확인하고는 조리대 아래의 냉장고에서 재료를 꺼내 볼에 담고 요리를 시작함과 동시에 바로 다음 주문서를 확인해 팬이 달궈지는 사이 다음 요리를 미리 준비했다.

지금은 도진이 함께 주방에 있었기 때문에 간단한 재료나 포장 용기를 부탁하기도 했지만, 도진이 오기 전 재희는 이 모든 것을 혼자 처리했을 터였다.

도진은 열심히 웍을 돌리는 재희를 바라보았다.

쌀쌀해지는 날씨임에도 재희의 티셔츠는 곳곳이 땀에 젖어 있었다.

반면 도진은 지금까지도 뽀송한 채였다.

불 앞에 있지 않았던 이유도 있었지만, 도진은 재희에 비하면 그냥 가만히 서 있었던 것이나 마찬가지였기 때문이다.

하지만 그렇게 빠르고 바쁘게 움직이는 재희의 몸놀림에서는 군더더기를 찾을 수조차 없었다.

'누군가 하는 일이 쉬워 보인다면 그 사람은 프로라는 말이 있지.'

많은 주문을 혼자서 쳐 내고 있었지만, 재희의 움직임에는 망설임이 없어 마치 물 흐르듯 자연스럽고 쉽게 보였다.

보고 있는 사람이 '저 정도라면 나도 할 수 있겠는데?'라는 생각이 들 정도로.

도진은 그만큼 재희의 실력이 훌륭했기 때문에 가능했던 것이라는 것을 알았다.

하지만 혼자 하는 것

도진은 도무지 재희가 이 모든 것을 어떻게 혼자서 해낼 수 있었는지 알 수 없었다.

'보통 이렇게 바쁘면 일찌감치 사람을 뽑을 생각을 하지 않나?'

그런 생각이 들기도 잠시.

"도진아, 여기 좀 봐줘!"

이내 도진은 자신을 부르는 재희의 목소리에 잡념을 없애고 일에 집중할 수밖에 없었다.

"홀 다 비었어요!"

"드디어!"

홀에서 들리는 한나의 외침에 냉장고를 정리하던 재희가 외쳤다.

그 모습에 설거지하던 도진이 고개를 절레절레 저었다.

그런 도진의 모습을 못 본 것인지 재희는 주방에서 나와 홀을 둘러보았다.

"오늘은 그래도 나름 일찍 끝났는걸."

기지개를 쭉 켜며 말하는 재희에게 테이블을 닦고 그릇을 치우던 한나가 고개를 끄덕이며 말했다.

"진짜로. 확실히 사람을 한 명 더 뽑아서 그런가 주방에서 음식 나오는 속도도 더 빠른 것 같아. 오늘도 고생했어, 사장님!"

한나의 말에 재희가 잠시 그 자리에 서서 생각했다.

'확실히 오늘은 뭔가 물 흐르듯 일이 흘러간 것 같아.'

주방에서 혼자 일하다 보면 손이 열 개라도 부족할 때가 많았다.

가끔은 고양이 손이라도 빌리고 싶은 생각이 들 때도 있었다.

그런데 오늘은 유독 주방에서 일하는 게 편하게 느껴졌다.

'정말 사람 한 명 늘었다고 이렇게 편할 수가 있나?'

생각해 보면 오늘은 도진에게 많은 것을 알려 주지 않았다.

바빴기 때문에 무언가를 알려 줄 틈이 없었을뿐더러, 첫날이기도 하니 '밀 하우스'가 어떤 식으로 운영되는지 한번 지켜보라는 심산이었다.

처음 도진은 재희의 말대로 멀뚱히 재희가 요리하는 것을 곁에서 지켜보았다.

재희는 아무런 질문도 없이 그저 자신이 요리하는 모습을 지켜보는 도진의 모습에 아쉬움을 느꼈다.

무언가 질문이라도 할 것이라고 생각했기 때문이다.

새로운 곳과 업무에 적응하기 위해서는 어디를 가더라도 비슷할 것이었다.

자신이 하는 만큼 얻을 수 있었다.

궁금한 것이 있으면 혼자서 탐구하는 것도 방법이라고 할 수 있지만, 가장 확실한 방법은 물어보는 것이었다.

물론 바쁜 주방에서 많은 질문을 던진다면 정신없고 위험할 수 있어 꺼리는 사람도 있을 테지만, 재희는 그렇지 않았다.

애초에 도진에게 궁금한 것이 있다면 질문하라고 얘기할 정도였으니, 오히려 과연 도진이 어떤 것을 물어볼지 궁금했다.

하지만 도진은 아무런 질문조차 없었다.

그에 재희는 '궁금한 게 없나?'라는 생각과 동시에 혹여 이 가게에서 일할 생각이 없어진 건 아닌지 걱정이 들었다.

그도 그럴 것이.

재희도 '밀 하우스'의 업무 강도가 매우 높다는 사실을 인정하기 때문이다.

'오늘 일한 거 보고 질려서 일 못 하겠다고 하면 어떻게 하지?'

문득 그런 생각에 재희는 오늘 하루 동안 도진이 어땠는지 다시 복기하기 시작했다.

그리고 이내 깨달았다.

'사람 하나 뽑았다고 이렇게 편해진 게 맞았구나?'

아무 질문 없던 도진은 오늘 주방에서 재희의 생각보다 많은 일들을 했다.

재희가 요리하는 것을 멀뚱히 지켜보던 도진은 어느 순간부터 움직이고 있었다.

도진은 그저 곁눈질로 재희가 필요한 것들을 척척 준비했으며, 포장과 매장 식사, 그리고 배달이 나가는 메뉴들의 주문을 알아서 정리하는 것은 물론.

주방에 없는 것을 확인하고 둘러보면 어느새 홀에서 그릇을 한가득 들고 와서는 설거지를 위해 물을 받아 놓은 싱크대에 차곡차곡 담았다.

그러고는 아무 일 없었다는 듯 다시 재희의 곁으로 돌아와 주문서를 확인하며 재희에게 물었다.

"다음은 야키소바랑 돈까스 도시락 포장하고 11번 테이블 메뉴 나가는 거지?"

당시에는 얼결에 '맞다.'라고 대답한 재희였다.

그리고 이제야 깨달을 수 있었다.

'아예 아무것도 안 물어본 건 아니구나?'

도진은 레시피에 대한 것들을 물어보지 않았다.

재희는 도진을 주방에서 조리를 도와줄 사람이라고 생각

했기 때문에 도진이 레시피를 배우는 것이 최우선이라고 생각했다.

그렇기에 도진이 레시피에 대한 질문을 하지 않았다는 사실에 실망했을 뿐.

도진이 아예 아무것도 묻지 않았던 것은 아니었다.

"세트 메뉴 구성해 볼 생각은 없어?"

"배달도 포장도 많이 나가는 것 같은데 배달보단 포장이 그래도 낫지 않아?"

"홀에도 사람이 꽤 많이 오네. 다들 이 동네 사람들이야?"

도진은 다음에 나갈 메뉴가 무엇인지로 시작해 생각보다 많은 것들에 대해 질문했다.

다만 그 질문들이, 요리와는 전혀 상관없는 것들이었기에 재희의 머릿속에 남아 있지 않았을 뿐이었다.

'도대체 왜 그런 질문들을 한 거지?'

속을 알 수 없는 질문들을 잠시 생각하던 재희는 이내 도진의 질문들에서 한 가지 공통점을 발견했다.

도진의 질문은 모두, 가게 운영과 관련된 것이었다.

재희는 주방에서 설거지를 마치고 바닥을 청소하기 위해 준비하던 도진을 발견하고는 다짜고짜 물었다.

"도진아, 레시피는 궁금한 거 없어?"

바닥을 한차례 쓸기 위해 빗자루를 들고 있던 도진은 재희의 물음에 고개를 들고 재희를 바라보며 되물었다.

"갑자기?"

"응. 생각해 보면 오늘 레시피 관련해서는 물어본 게 없었잖아."

그 말에 오늘 하루를 되돌려 보던 도진은 정말 자신이 요리와 관련된 것은 하나도 묻지 않았다는 것을 깨달았다.

'주방 일 하러 와 놓고는 레시피를 안 물어본 건 너무하긴 했지.'

하지만 하루 종일 그가 요리하는 것을 지켜 본 결과.

그의 레시피에는 생각보다 특별한 점은 없었다.

무난한 레시피에 예상이 가는 무난한 맛들이었다.

그렇기에 도진은 레시피보다는 가게 운영과 관련된 일들에 더욱 흥미가 갔다.

셰프 혼자서 운영하는 이런 작은 동네 가게에 왜 이렇게 많은 사람들이 몰리고, 또 많은 주문이 몰리는 것일까.

지금도 충분히 장사가 잘되고 있는데 더 규모를 늘릴 생각은 없는 걸까.

도진의 질문들은 그런 생각에서 나온 것들이었다.

하지만 재희가 이렇게 직접적으로 물어볼 것이라고는 생각하지 못했던 도진은 그의 물음에 어찌 대답해야 할지 고민에 빠졌다.

'어떻게 대답해야 하지?'

너무 솔직하게 말하자니 재희에게 실례가 될 것 같았고, 그렇다고 꾸며서 말하자니 양심에 찔렸다.

우물쭈물하며 대답을 머뭇거리는 도진의 모습에 기다리고 있던 재희가 먼저 입을 열었다.

"그냥 솔직하게 말해도 돼. 우리 가게 레시피 별거 없어 보이지?"

마치 도진의 속마음을 다 알고 있다는 듯 말하는 재희의 모습에 도진이 머쓱하게 머리를 긁으며 대답했다.

"솔직히 말하자면 그랬어. 혼자서 이렇게 바쁜 주방을 이끌어 간다는 것도 대단하긴 한데, 이렇게 평범한 레시피를 가지고 배달도 잘되고 홀 장사도 잘된다면…….."

도진이었다면 분명 직원을 몇 명 더 뽑아 가게의 규모를 더욱 크게 만들 것이었다.

재희는 다 이해한다는 듯 고개를 주억거리며 도진의 말을 이었다.

"가게를 더 크게 만들 거라는 말이지?"

"맞아. 도대체 왜 그렇게 하지 않는 거야? 직원을 더 뽑으면 되잖아."

이해할 수 없다는 듯 말하는 도진의 모습에 재희는 한숨을 푹 쉬며 말했다.

"그게 생각보다 그렇게 쉬운 일이 아니라서 그래."

재희는 미간을 찌푸리며 말을 이었다.

"나도 그렇게 하려고 해 보기도 했는데, 오히려 그렇게 직원을 뽑아서 운영하니까 손님들도 그렇고 나도 영 만족할 수가 없더라."

"어떤 부분이?"

"맛이."

간결한 재희의 대답에 도진이 고개를 갸우뚱하며 되물었다.

"맛이? 그게 무슨 말이야?"

도진의 물음에 재희는 잠시 생각하는 듯하더니 이내 말을 이었다.

"도진아, 너는 우리 가게가 왜 배달이나 포장이 장사가 잘된다고 생각해?"

"가격 대비 훌륭한 맛에 미국에서는 배달 메뉴가 한정적인데 여기는 다양한 메뉴를 배달로 받아서 먹을 수 있으니까?"

"맞아."

도진의 대답에 재희가 고개를 주억거리며 말을 덧붙였다.

"하지만 우리가 배달이 잘되는 이유는 그뿐이 아니야."

"그럼 또 무슨 이유가 있는데?"

"우리는 홀과 배달, 포장이 나가는 음식의 맛이 모두 일정해."

자신감 넘치는 재희의 말에 도진은 도무지 이해할 수 없다는 듯 되물었다.

"그게 도대체 무슨 말이야?"

　도진은 재희의 말이 도무지 이해가 되지 않는다는 표정을 지었다.

　홀에서 먹는 음식과 배달, 포장이 나가는 음식의 맛이 모두 일정하다니.

　같은 레시피로 만들게 된다면 같은 맛이 나는 게 당연한 것이 아닌가.

　당연한 것을 자부심 넘치는 표정으로 말하는 재희의 모습에 도진은 자신이 그의 말뜻을 잘 이해한 게 맞는지 알 수 없어 다시금 물었다.

"원래 같은 메뉴면 모두 같은 맛이 나야 하는 게 맞지 않아? 그게 포장이든, 홀에서 먹는 메뉴건 간에."

　상식적으로 이해할 수 없는 재희의 발언이었으나.

　재희는 무언가 자신만의 비법이 있다는 듯, 입꼬리를 올렸다.

"그런 게 있어. 이걸 직접 말로 설명하긴 뭐하고. 직접 보여 줄게."

　그렇게 말한 재희가 이내 발걸음을 옮겨 주방으로 향한다.

　무슨 메뉴를 만들어 보여 줄까 잠시 고민하던 재희는 웍을 집어 들더니, 재료 몇 가지는 들고 와, 자신의 옆에 가져다 놓았다.

'볶음밥을 만들려는 건가?'

양식 스타일은 아니다.

그렇다고 한식도 아니고, 굳이 따지면 중식에 가까운 볶음밥 재료들이다.

하기야 전에 짬뽕을 만들어 준 것을 생각한다면, 나름 중식 쪽으로도 알고 있는 게 많은 듯했다.

딱!

재희는 능숙한 손놀림으로 두 개의 웍에 기름을 한국자 집어넣고 웍을 코팅하고는.

계란을 비롯한 채소들을 집어넣기 시작했다.

처음엔 파의 향긋한 향내가 주방을 가득 채우더니, 순식간에 여러 재료들이 뒤섞이면서 그 향이 조금씩 달라진다.

'레시피 자체는 똑같은 것 같은데.'

재희의 요리 장면을 보고 있던 도진이 고개를 갸웃거린다.

그가 만드는 볶음밥의 레시피는 자신이 기억하는 중식 볶음밥의 정석적인 레시피였다.

그런데 정말 이 똑같은 레시피 둘이 홀에서 먹는 것과 포장해서 가져갈 때 차이가 존재한다는 걸까.

"자, 먹어 봐."

도진이 이에 대해 의구심 어린 표정을 보내고 있을 때였다.

　만들던 요리가 끝난 재희가 웍에 있던 볶음밥을 각자의 접시에 담아 도진에게 내어주었다.

　얼핏 봐서는 둘에 느껴지는 차이점은 존재하지 않았다.

　아마 직접 먹어 봐야 둘이 어떤 차이가 있는지 알 수 있을 것 같았다.

　텁.

　도진은 수저를 들어 눈앞에 놓인 두 개의 볶음밥을 천천히 음미하기 시작했다.

　그러길 잠시, 두 볶음밥을 입에 집어넣었던 도진이 눈을 떴다.

　쌍둥이처럼 똑같아 보였던 두 개의 볶음밥에는 미묘한 차이가 존재했다.

　그것을 눈치챈 도진은 고개를 들어 재희를 바라보았다.

　"아까는 모두 동일한 맛이라면서 자부심 넘치게 말하더니, 이건 왜 맛이 다른 거야?"

　"오른쪽의 볶음밥이 조금 더 퍽퍽한 느낌이라 그런 거지?"

　재희의 말에 도진이 고개를 끄덕였다.

　왼쪽의 볶음밥은 쌀알이 부드럽고 촉촉하며 알알이 간이 잘 배어 있어 맛이 좋았는데, 오른쪽의 볶음밥은 좀 더 퍽퍽한 느낌이다.

왼쪽의 볶음밥보다 더 긴 시간 조리되어 수분이 더 날아간 듯한 느낌이랄까.

도진은 두 개의 볶음밥을 번갈아 보다 답을 구하는 듯 고개를 들어 재희를 바라보았다.

하지만 재희는 그런 도진의 모습을 바라보며 씩 웃고는 입을 열었다.

"직접 맞혀 봐. 배우는 입장에서 모든 답을 스승이 알려 주면 도움이 되지 않으니까."

그 말에 도진은 답답하다는 표정으로 두 볶음밥을 번갈아 보았다.

아무리 생각해도 답이 보이질 않았다.

결국, 도진이 고개를 들어 재희에게 질문을 던졌다.

"도대체 무슨 차이인 거야?"

그런 도진의 말에 재희는 알 수 없다는 듯, 미소만을 남길 뿐이었다.

다음 날.

밀 하우스의 하루는 어제와 같이 흘러갔다.

밀려오는 사람들. 그 사람들 틈을 비집고 음식을 양손 가득 들고는 서빙하는 한나와 도진.

주방의 일을 얼추 파악했다고 판단한 재희는 도진을 홀로 투입시켰고.

홀의 일은 주방 못지않게 숨 가쁘게 흘러가고 있었다.

그러나 도진은 이 정신없이 바쁜 상황 속에서 낯설지만 묘한 안정감을 느끼고 있었다.

부모님의 가게를 제외하고는 지금껏 이런 일반적인 식당에서 일해 본 적이 없었으니까.

홀의 손님들은 대부분 단골이었고, 동네 사람들이었기 때문에 서로 아는 경우가 많았다.

덕분에 홀의 분위기는 화기애애하며 서로 농담을 주고받는.

마치 가족이나 오랜 친구 같은 분위기였다.

"젊은 청년! 여기 맥주 두 개만 주게나."

"네, 어르신."

"어르신이라니. 나 정도면 충분히 청년이라 해도 되지 않나?"

그렇게 말하며 노인이 껄껄 웃음을 터트린다.

도진은 그런 노인의 말에 웃으며 장단을 맞추어 주었다.

밀 하우스의 홀에 나온 것은 이번이 처음이었으나, 도진은 그런 사람들의 분위기에 빠르게 녹아 들어가고 있었다.

홀에서 일을 하며 도진은 자연스럽게 카운터 업무도 맡게 되었는데, 밀 하우스를 방문한 이들 중에는 식사를 하면서도 또 음식을 포장해 가는 이들도 존재하고 있었다.

도진은 그런 그들을 보며 넌지시 질문을 던졌다.

"여기서 식사를 하셨는데도, 또 포장을 해 가시는 거예요?"

"이거는 집 사람 거."

도진은 그런 손님에게 호기심 어린 표정과 목소리로 되물었다.

"그럼 같이 오셔서 드시면 되는데 왜 굳이 포장을 해 가시는 거죠?"

일순, 손님의 입가에 미소가 그려진다.

마치 행복한 상상을 하는 사람처럼.

"아내가 출산한 지 얼마 안 돼서 집에서 요양 중인데, 여기서 먹었던 음식이 먹고 싶다고 해서 말이야. 그런데 이 음식 냄새를 맡고 어떻게 가만히 있나? 나도 먹어야지. 안 그래?"

그는 이곳의 오래된 단골로 보였다.

말은 하지 않지만, 그의 아내 역시도.

손님의 말에 도진이 아쉽다는 투로 입을 열었다.

"그래도 같이 와서 드시는 게 더 맛있으셨을 텐데, 아쉽네요. 다음에는 꼭 방문해서 더 맛있게 드세요."

도진의 말에 손님이 너털웃음을 짓고는 고개를 끄덕거린다.

"역시 와서 바로 한 음식 먹는 게 제일 맛있긴 하지. 근데 여기는 포장해 가도 홀에서 먹는 음식이랑 맛이 똑같아서 괜찮아."

그렇게 말하며 가게를 나서는 손님의 모습에 도진은 고개를 갸우뚱거렸다.

아무리 그래도 포장보단 가게에서 먹는 게 낫지 않나?

포장해서 가면 집에 도착할 때 음식이 식어 버릴 텐데.

그렇게 되면 당연하게도 홀에서 먹었을 때보다는 맛이 덜할 게 분명하다.

재료가 가지고 있던 수분감은 물론이고 따뜻할 때 한 밑간은 식으면 더 맛이 올라와 자극적으로 느껴질 수도 있으니까.

어디 그뿐이랴?

면은 불기 쉽고, 밥은 퍼지기 쉽다.

튀김이 눅눅해지는 것도 금방이고, 다른 어떠한 것들도 포장보단 매장 식사가 낫다는 게 도진의 생각이었다.

그런데 방금 나간 손님은 어째서 포장해서 가져간 음식이 어째서 매장에서 먹는 것과 똑같다고 말한 걸까?

'한번 알아봐야겠어.'

방금 계산을 마친 손님과 같은 이들을 상대한 게 한두 명이 아니다.

그들은 하나같이 포장에 대해 거부감을 가지지 않고 있었다.

처음에는 그저 아무 감정 없이 포장 주문을 받았지만, 손님이 저렇게까지 말하니 의구심이 스멀스멀 생겨났다.

어쩌면 그것이 이 가게의 포장과 배달에 대한 매출이 많은 이유일 것이라고 생각도 함께.

그렇게 생각한 도진은 가게가 마감하기 전.

"볶음밥 하나 포장이요."

주방으로 다가가 주문을 넣었다.

도진은 손님들이 포장에 거부감을 가지지 않는 이유를 알기 위해, 자신이 직접 포장 손님 주문이 되기로 결심했다.

모든 일을 끝내고 방으로 돌아온 도진의 손에는 자신이 포장한 음식이 들려 있었다.

보통 포장을 한 손님이라면 15분에서 30분. 더 길게는 한 시간 정도 음식을 가지고 갈 거다.

한국만 하더라도 배달 어플로 음식을 시키면 최소 30분 이상을 기다려야 하니까.

그러나 도진은 가게의 마감까지 모두 끝낸 뒤 올라온 것이라 그보다 더 많은 시간이 지나 있었고.

볶음밥은 이미 온기를 잃어 차갑게 식어 가는 중이었다.

자신의 방으로 돌아온 도진은 바로 먹어 볼까 했지만, 땀 먼저 씻어 내리고 식사를 하기로 마음먹고, 씻고 나와서 포장한 음식을 들고 식탁으로 향했다.

그곳에는 재희가 매출 정리를 하고 있었는데, 그는 익숙한 인기척에 고개를 들더니 도진의 손에 쥐어진 익숙한 포장 용기에 웃음을 터트렸다.

"전화 주문도 없는 것 같았는데, 포장이 웬 건가 했더니 도진이 네 거였어?"

"나한테 맞춰 보라고 했잖아. 그래서 직접 손님이 돼서 그 이유를 찾아보려고."

재희는 그런 도진의 반응이 퍽 재밌다는 듯 미소를 지었고.

도진은 자신의 손에 들린 종이 포장 박스를 열었다.

볶음밥은 이미 차게 식은 지 오래였지만, 포장박스 안쪽에 맺힌 이슬은 이 음식들이 따뜻했다는 것을 알려 주는 듯하다.

도진은 전날 재희가 해 주었던 볶음밥의 맛을 떠올리며 볶음밥을 스푼으로 퍼, 입에 집어넣었다.

텁. 텁.

볶음밥을 입에 집어넣은 도진이 다시 스푼으로 볶음밥을 퍼 올린다.

한 번 더. 또 한 번 더.

천재셰프 회귀하다

그렇게 몇 차례의 수저를 움직이던 도진은 고개를 갸우뚱 거리며 재희를 향해 시선을 옮겼다.

그 모습에 재희가 물음.

"왜? 무슨 문제라도 있어?"

"맛이, 똑같네?"

분명 볶음밥은 완전히 식은 뒤였다.

배달 음식이나 포장 음식을 먹어 본 경험이 있는 도진은 이런 볶음밥이 퍽 당황스러웠다.

이 정도의 시간이 흘렀다면 보통 밥은 퍼지고, 재료들은 하나같이 겉돌기 마련인데.

이상하게도 밀 하우스의 포장된 볶음밥은 식긴 했지만, 매장에서 먹었던 것과 별반 차이가 없는 맛을 보여 주고 있었다.

당황스럽다는 도진의 반응을 본 재희가 그렇다니까 하는 표정으로 입을 열었다.

"전에도 말했잖아. 똑같다니까?"

그런 재희의 반응에 도진이 의아하다는 시선을 보낸다.

분명 어제 함께 나온 볶음밥을 먹었을 때는 홀에서 먹는 볶음밥이 훨씬 더 맛있었는데, 도대체 왜?

'요리 과정에 차이가 있었나?'

도진은 재희가 요리하는 과정을 떠올렸다.

분명 같은 재료가 들어간 것은 맞았으나, 그 외에 어떤 차이가 있었나 생각하는 것이었다.

　재료는 아니다. 정확히 똑같은 재료를 두 개씩 쓰는 것을 확인했으니까.

　오일이나 다른 양념의 양도 똑같았고.

　다만 차이가 있었다면….

　'조리 시간?'

　도진이 무언가를 떠올렸다는 양 눈이 조금 커졌다.

　배달에 나가는 것은 마치 수분을 빼듯 좀 더 센 불에 바짝 볶아 포장 용기에 담고 빠르게 용기를 닫았다.

　홀에서 먹던 것과의 차이점은 그것 말고는 없었다.

　재희가 그렇게 만든 이유가 포장을 하면서 생기는 맛 차이를 없애려 그런 것이라면……

　"일부러 그렇게 바짝 볶아서 수분을 뺀 거야? 이렇게 포장하게 되면 열기로 인해서 포장 용기 안쪽에 수분이 맺히고, 그 수분이 음식에 흡수되면 맛이 달라지니까?"

　포장 용기는 음식의 수분을 가두기 위해 코팅이 되어 있는 경우가 많다.

　그렇기에 포장 용기에 음식을 담게 되면, 음식의 열로 인해 수증기가 만들어지고 그것이 포장 용기에 맺히게 된다.

　예전에는 이런 포장 용기에 맺힌 이슬을 아무 생각 없이 바라봤었는데.

　이런 것까지 계산을 했던 것이라면?

재희가 드디어 알았다는 양 슬쩍 입꼬리를 올린다.

"맞아. 그게 우리가 포장이나 배달을 나가는 음식과 홀의 음식의 맛이 같은 이유고, 조리하게 될 때 미묘한 차이가 나는 이유지."

그렇게 말하며 엄지를 치켜올리는 재희.

저 발랄한 모습 뒤로 이런 치밀함이 숨겨져 있을지는 몰랐다.

다들 그냥 그러려니 하고 지나쳐 갈 만한 작은 요소를 오히려 장점으로 승화시킬 생각을 누가 할 수 있겠는가?

도진은 볶음밥을 먹으며 음, 누가 만들었는지 맛있네 하고 말하는 재희를 보며 그제야 스테판과 브라이언이 자신에게 실력 하나는 믿음직스럽다며 그를 추천한 이유를 알 수 있을 것만 같았다.

다음 날, 밀 하우스의 하루는 평소와 크게 다르지 않은 일상이 흘러갔다.

손님들은 장난기 어린 표정으로 한나와 재희, 도진을 맞이했고.

즐거운 분위기와 함께 맥주를 주문했으며, 마지막은 역시 포장으로 끝나는 분위기였다.

"먼저 들어갈게."

"응. 오늘도 수고했어."

재희가 손을 흔들며 한나를 배웅한다.

홀은 이미 마감한 뒤였다.

재희는 주방을 둘러보고는, 주방을 정리하곤 자리에서 일어났다.

"도진아, 우리도 슬슬 가자."

그렇게 말한 재희가 도진이 있는 곳을 바라본다.

도진은 냉장고에서 무언가를 뒤적거리며 대꾸했다.

"재희 형, 나는 할 일이 있어서 좀 더 있다가 갈게. 먼저 들어가."

이미 홀은 마감한 상태임에도 할 일이 있다는 도진의 말에 재희가 고개를 갸우뚱거리며 반문했다.

"그래? 뭐 하려고?"

"레시피 연습 좀 하려고."

호기심 어린 표정으로 묻는 재희의 말에 도진이 런치 타임이 끝나고 사 온 재료들을 꺼내 놓는다.

도진이 연습하려는 것은 재희가 보여 준 기술이었다.

홀에서 먹는 것과 포장해서 먹는 음식의 맛을 일정하게 만드는 기술.

처음엔 그게 어떤 기술인지 의아했지만.

도진은 이미 재희가 요리하는 모습을 전부 머릿속에 집어

넣은 상태였다.

그 부분을 공략하면 뭐라도 결과를 만들어 낼 수 있지 않겠는가.

"레시피? 지금도 잘하고 있는데 갑자기?"

"지금은 주방에서 1인분을 할 수 없잖아. 당장 포장 주문은 재희 형 혼자서 처리하고 있는 상황이고……. 나도 얼른 성장해서 도와야지."

재희가 도진의 말에 기특하다는 듯한 표정을 지었다.

지금 도진의 포지션은 이도저도 아닌, 애매한 위치였다.

홀과 주방을 누비고 있지만, 한나만큼 능숙하게 손님들의 주문을 쳐 내는 것도 아니었고, 재희처럼 포장 음식과 관련된 기술을 완벽하게 하는 것도 아니다.

도진은 셰프다.

만약 홀과 주방 둘 중 자신이 있어야 할 곳을 선정한다면 주방이고…….

주방에 남아 있기 위해선 재희가 가지고 있는 기술을 온전히 자신의 것으로 만들어야 했다.

"그래. 알았어. 내가 뭐 도와줄 것은 없고?"

"아직은. 만약 혼자 하다가 어려우면 도와 달라고 할게."

"그래. 너무 무리하진 말고."

"응, 형."

도진의 말에 재희가 고개를 한번 끄덕이고는, 집으로 발걸음을 옮겼다.

혼자 남은 주방은 적막이 가득했다.

텅 빈 홀에는 음습함과 황량한 기운이 맴돌고 있었으나.

도진은 그런 것은 아무 상관 없다는 듯, 재료들을 손질하기 시작했다.

탁탁탁!

적막을 깨듯, 도진의 칼질 소리가 홀과 주방에 울려 퍼진다.

도진은 재희가 요리하던 모습을 최대한 구체적으로 자신의 머릿속에 집어넣었다.

'센 불에 빠르게 수분을 날리듯이.'

재희는 강한 불에 재료들과 밥을 넣어 수분을 빠르게 날려 보냈다.

음식에 빠진 수분은 포장 용기에 맺힌 수증기가 대신 채워 주었고.

그렇게 만들어진 음식은 식었음에도 본래의 맛을 간직한 훌륭한 작품이 되었다.

텅!

도진의 손을 통해 세차게 몸을 흔들던 웍이 멈추더니, 이내 쓰레기통에 내용물을 뱉어 낸다.

'이게 아니야.'

도진이 인상을 살짝 찌푸렸다.

재희의 음식을 기억하는 사람으로서, 그의 맛을 최대한 따라 하고 싶은 마음이 있었다.

하지만 지금은 그 맛을 따라 하기도 전에 수분이 너무 남아 있었다.

도진은 계속해서 재료들을 웍에 넣고 흔들기를 반복했다.

그 과정이 쉬운 것은 아니었지만.

'이 정도면 된 것 같은데?'

한참을 화구 위에서 몸을 흔들던 웍이 멈춘다.

내용물을 맛본 도진은 미소를 지을 뿐이었다.

몇 번의 시행착오가 있긴 했지만.

재희가 만든 것과 비슷한 음식이 만들어진 것이다.

수분이 날아가 퍽퍽하긴 했지만, 맛도 어느 정도 유지되고 있는 음식.

여기에 포장 용기에 맺힌 이슬이 더해진다면 맛이 확실하게 유지될 수 있겠지.

유의미한 성적을 만들었다고 생각한 도진은 그것을 포장 용기에 담아 내고는, 비닐에 담아 집으로 발걸음을 옮겼다.

"왔어? 얼른 씻고 와. 늦게까지 연습해서 피곤하겠다."

집에 돌아가자, 매출을 정리하고 있던 재희가 도진을 반갑게 맞이한다.

그러고는 자연스럽게 도진이 들고 있는 비닐봉지를 향해 시선을 옮겼다.

"그건 뭐야?"

"오늘 내가 연습한 음식. 한번 포장해서 가지고 왔어."

"그래?"

재희가 눈을 반짝 빛낸다.

그 모습이 마치 새로운 장난감을 본 고양이와 비슷하다는 생각에, 도진은 살짝 미소를 짓고는 씻고 나왔다.

자신이 씻는 사이 음식을 건드려 볼 거라 생각한 자신의 예상과는 다르게, 봉투는 누군가 건드린 흔적이 없었다.

한편 도진이 씻고 나온 것을 확인한 재희가 슬며시 입을 열었다.

"도진아, 이거 내가 한번 먹어 봐도 될까?"

"그러면 나야 고맙지. 형이 한번 먹어 보고 판단해 줘."

"그 정도야."

허락을 받은 재희가 즐겁다는 표정으로 비닐봉지를 자신의 쪽으로 끌어온다.

장난기가 많은 성격과는 다르게, 자신과 남의 것에 대한 기준이 엄격한 듯했다.

포장을 뜯은 재희는 스푼을 들고는, 볶음밥을 퍼 입에 집어넣었다.

그리고 몇 번 우물거리길 잠시.

"흐음……"

재희의 미간이 살짝 좁아졌다.

마치 생각에 잠긴 듯한…….

그것을 본 도진이 재희를 향해 질문을 던졌다.

"혹시 무슨 문제라도 있어?"

이런 도진의 질문에도 재희는 아무 말 없이 몇 번 더 음식을 우물거릴 뿐이었다.

그러고는 스푼을 내려놓고는, 작게 숨을 내쉬며 입을 열었다.

"솔직히 말하자면 좀 아쉬워."

"어떤 점이?"

재희는 이 기술의 창시자였다.

그런 창시자의 말에 도진은 귀를 열고는 눈을 맞췄다.

그러면 자신이 재현했다 생각한 음식의 문제점을 정확히 알고 있지 않을까 생각을 하면서.

"우리 가게의 포장이나 배달 매출이 많은 이유는 다른 이유가 아니라 홀에서 먹었던 음식의 맛을 집에서도 완벽하게 느낄 수 있기 때문이라고 생각해."

재희가 포장 용기를 바라보았다.

아쉬움이 가득 서린 눈으로.

"그렇기 때문에 포장한 음식이 집으로 향하는 사이에 식었다고 하더라도 홀에서 먹는 것과 음식의 맛이 같게 느껴져야 하지. 나는 그렇기 때문에 음식의 간을 할 때 홀에서 먹는 것과 포장이 되는 음식의 간은 물론이고 조리 시간에도 아주

약간의 차이를 둬. 그건 이제 알고 있지?"

"응. 그건 내가 어제 직접 먹어 보고 느꼈지."

도진이 어제 맛본 재희의 음식을 떠올렸다.

확실히, 어제 먹어 본 재희의 음식은 마술이라 해도 믿을 정도였다.

그렇게 음식이 식었음에도 불구하고 자신의 원래 맛을 유지하는 음식이라니.

마치 요리계에 새로운 패러다임이 있다면 이런 느낌이지 않나 싶을 정도로.

"오늘 도진이 네가 연습한 음식은 열심히 따라 하려고 해 본 것 같지만, 아직 부족한 점이 많아."

"어떤 부분이 부족한지 말해 줄 수 있어?"

"우선 간이 너무 싱거워. 식었을 때의 간을 생각해서 만든 거라 짤 수도 있다는 생각에 간을 조금 더 밍밍하게 한 것 같은데, 이 정도면 식은 상태여도 좀 부족해. 그리고 너무 오래 볶아서 퍽퍽해. 포장 용기 내부의 열과 수증기에 의해서 음식에 수분이 더 깃들 것을 생각하고 오래 볶는 것은 맞지만, 이것보다는 조금 덜 볶아야 볶음밥의 맛을 더 살릴 수 있어."

재희의 말에 도진이 자신의 턱을 매만지며 흠, 하고 고개를 끄덕인다.

분명 자신은 그와 같은 조리법을 지켰노라 생각했는데 재

천재셰프
회귀하다

희의 입장은 다른 모양이다.

우선 오래 볶아서 퍽퍽하다는 것은 부정할 수 없었다.

분명 자신은 식었을 때 포장 용기에 맺히는 이슬을 계산에 넣어 더 오래 볶았으니까.

하지만 재희에겐 어리숙하게만 느껴지는 듯했다.

"어떻게 해야 좀 더 완벽하게 만들 수 있을까?"

도진이 진지한 표정으로 그에게 물었다.

그런 도진의 모습을 본 재희가 씩 웃으며 입을 열었다.

"식당으로 와 봐."

도진이 고개를 끄덕였다.

자신과 재희.

그 사이에 어떤 차이점이 있는지 이번에는 반드시 파악하겠다는 생각과 함께.

✦

식당에 도착한 도진과 재희는 빠르게 재료를 준비했다.

"내가 요리하는 모습을 보여 줄 테니까 잘 봐 둬."

"응. 알았어. 형."

"이번 한 번만 보여 주는 거야. 알겠지?"

재희는 장난스러운 표정을 짓고는, 이내 웍을 움직이기 시작했다.

웍에 코팅하듯 오일을 두르고는 재료를 들들 볶아 내는 재희.

그러다 계란과 밥을 집어넣고는, 마저 볶아 냈다.

요리를 하는 재희는 평소와 다름없이 여유로운 표정이었다.

도진은 그런 재희의 모습을 한순간도 놓치지 않겠다는 듯 유심히 바라볼 뿐이었다.

재희는 이번에도 포장용 음식을 미리 만들어 포장 용기에 담아 둔 뒤 도진에게 한번 먹어 보라며 들이밀었다.

"일단 이거 먼저 한번 맛보고, 그 맛을 잘 기억해 둬."

도진은 고개를 끄덕이고는, 재희가 시킨 대로 포장 용기에 담긴 음식을 바로 입에 집어넣었다.

갓 만든 포장용 음식은 맛은 있었지만, 좀 싱거웠고 너무 고슬고슬한 느낌이었다.

자신이 만든 퍽퍽한 볶음밥과는 확연한 차이가 있는 음식.

도진은 그 맛을 자신의 혀에 하나하나 각인시키고는, 이내 포장 용기를 닫았다.

나중에 비교하기 위해서였다.

그사이, 재희는 홀용으로 음식을 만들어 접시에 담아 도진에게 건넸다.

"이건 홀에서 식사하게 되면 나가는 버전이야. 한번 먹어 봐."

도진은 고개를 끄덕이며 바로 시식.

홀에서 먹는 볶음밥은 부드러운 식감에 간도 딱 맞고 계속 먹고 싶어지는 감칠맛이 느껴지고 있었다.

분명 포장 음식도 맛있었으나, 홀에서 만든 것은 그 이상이었다.

일반 중식집과 중식 레스토랑 정도의 차이랄까.

분명 맛있긴 한데, 둘을 비교하면서 먹어 보니 그 차이가 더욱 뚜렷해지는 느낌이었다.

"자, 이제 이것도 먹어 봐."

맛을 음미하고 있던 도진의 앞에 재희는 다시금 포장 용기에 담긴 볶음밥을 도진의 앞에 들이밀었다.

포장 용기에 담았던 볶음밥은 한 김 그 열기가 꺾인 상황이었다.

도진은 그것을 건네받고는, 바로 포장을 뜯어 스푼으로 퍼 입에 집어넣었다.

처음 만들었던 고슬고슬한 식감에 싱거운 맛, 그 맛이 어떻게 변했을지.

호기심 어린 표정으로.

우물우물.

도진이 입을 움직이며 입에 들어온 포장 음식들을 씹어 댔다.

천천히.

지금까지 먹어 봤던 맛들과 어떤 차이가 있는지 확실하게 깨닫기 위해서.

　　"맛있네."

　　그렇게 우물거리던 도진이 입안에 있던 음식을 삼키고는 입을 열었다.

　　재희가 내민 포장 음식은 맛있었다.

　　솔직히, 방금 먹은 홀용 음식과 차이점을 느끼기 어려울 정도로.

　　동시에, 자신이 만들어서 가지고 올라간 볶음밥을 떠올렸다.

　　자신이 직접 맛을 보고 가지고 간 것이었으니, 그 맛은 이미 혀에 생생히 새겨져 있었다.

　　'확실히, 내 음식은 식어도 퍽퍽한 느낌이 남아 있었어. 그리고 이보다 간은 더 싱거웠고.'

　　재희가 왜 도진의 음식을 먹고 혹평을 남겼는지.

　　이제는 조금 알 것 같았다.

　　분명 방식은 같았으나, 그 사이에 있는 복잡한 것들을 계산하지 못한 것이다.

　　식었을 때 포장 용기 겉면에 이슬이 생길 것이라는 것은 예상하고 있었지만.

　　그 외의 것들은 예상하지 못했다.

　　재희는 이런 것들을 매일 생각하고 계산해 음식을 만들고 있는 건가.

한편, 도진이 이렇게 근심 어린 표정을 짓고 있자, 재희가 슬며시 다가오더니.

"그렇게 너무 심각하게 생각하지는 마, 이제 고작 여기서 일한 지 이틀 차잖아? 단번에 배울 수 있는 기술이 아니라 숙달되면서 손에 익는 타이밍이 중요한 거니까, 너무 급하게 갈 필요는 없어."

재희가 도진의 어깨를 툭툭 두드리며 다독인다.

너무 부담을 가지지 말라는 의미에서 한 것이었겠으나.

그도 간과하고 있는 것이 있었다.

원래 어려운 것이니 낙담하지 말라는 말이, 오히려 도진의 마음속 경쟁심의 불을 붙이는 말이었다는 것을.

'이거, 반드시 마스터하고 만다.'

머릿속에 즐거운 생각이 스쳐 지나갔다.

완벽하게 그의 기술을 배워 그에게 음식을 내주었을 때.

재희가 어떤 표정을 지을지에 대한.

그런 생각 말이다.

다음 날부터 밀 하우스의 일상에는 새로운 일과가 추가되었다.

밀 하우스의 영업이 끝나고 한나가 퇴근하면 재희는 자연스럽게 도진에게 다가갔다.

"조금 더 볶아야지. 거기선 웍을 움직이는 손목의 스냅을 줄이고……."

"응, 형."

재희의 코칭에 도진이 고개를 끄덕이며 손을 움직인다.

벌써 몇 번이나 같은 음식을 만들고 있는지 모르겠다.

잘은 모르지만, 벌써 수십 번은 만들고 있는 것은 분명하다.

덕분에 홀에 나가는 음식은 도진이 맡아도 될 정도로 괜찮은 성장을 이루었으나…….

정작 중요한 포장 음식만큼은 아니었다.

분명 혼자 만들었을 때보다 성장을 이룬 것은 확실하다.

이제는 완전히 퍽퍽해 입에 집어넣기 민망할 정도는 아니었으니까.

하지만 그게 전부다.

완벽한 식감을 살리면서도 간을 정확하게 만드는 것은 아직 도진에겐 무리였다.

"어때?"

"음……. 솔직히 말하면 아직 아쉽네. 아, 물론 네가 못했다는 것은 아니야. 분명 성장했어. 그런데 어딘가 막혀 있는 느낌이랄까? 밥이 조금 더 고슬고슬해야 되고, 간은 이보다 조금 더 강하게 해도 될 것 같아."

재희의 말에 도진이 작게 숨을 뱉었다.

분명 자신을 배려해 이런 말을 한 것은 분명했으나.

아직까지 재희의 인정을 받지 못했다는 게 조금은 마음에 걸렸다.

'솔직히, 금방 이룰 수 있을 거라 생각했는데.'

재희의 기술을 처음 봤을 때.

도진은 그의 기술이 크게 어려운 것이 아니리라 생각했다.

노력하면 금방 할 수 있는 기술이라 생각했다.

그렇게 처음 만든 음식에 대한 평가는 혹평뿐이었고.

지금은 조금 나아졌다곤 하지만 여전히 재희의 입에서 맛 있다는 소리는 나오질 않고 있었다.

"이게 정말 여러 가지를 고민해 봐야 하는 기술이야. 겉보 기에는 쉬워도 나름 깊이가 있는 기술이란 말이지. 웍의 움 직임, 기름의 양, 화구의 온도, 간 모두를 신경 써야 해."

재희의 말에 도진이 고개를 끄덕인다.

이쯤 되니 당황스러운 기분마저 들곤 했다.

분명 자신은 파인다이닝을 개업했던 셰프다.

기초적인 것은 완전히 숙지하고 있다 생각했는데, 재희 의 앞에만 서면 요리를 처음 배우는 이가 되는 느낌이었으 니까.

'이렇게 까다로우니까 함께 일하는 사람들이 남아나지 않

을 수밖에.'

밀 하우스의 직원은 도진을 제외하면 한나와 재희 둘뿐이었다.

이만한 성적을 내는 식당에 왜 직원이 둘뿐인가 의아한 적이 있었는데.

이제는 그 이유를 조금이나마 알 것 같았다.

장난기 가득한 재희의 모습과는 다르게, 화구 앞에만 서면 재희는 그 장난기 어린 모습 뒤에 있는 새로운 모습을 꺼내 들었다.

작은 실수에도 깐깐하게 문제점을 지적하는 모습을 말이다.

도진이야 그의 기술을 알고 싶기에 이렇게 버틴다지만, 다른 이들이 얼마나 이곳에서 버틸 수 있겠는가.

못 버틸 거다.

안 그래도 수십 킬로는 거뜬히 나가는 웍을 잡고 수십, 수백 번을 재희의 잔소리를 들으며 버틸 이가 얼마나 되겠는가.

'아니면 재희 형이 다른 사람을 못 믿어서일 수도 있고.'

도진이 여태껏 밀 하우스에서 일하며 포장 음식을 만든 적은 없었다.

그저 당연하다는 듯 재희가 만든 음식을 포장 용기에 집어넣어 한나에게 건넸을 뿐.

천재셰프
회귀하다

도진이 직접 포장 음식을 만든 적은 없었다.

그것을 보면 재희는 확실히 장난스러운 면모를 가지고 있지만, 음식에 있어서는 깐깐히 여기는 게 분명했다.

"으음…… 이게 아닌데. 지금보단 웍의 화력을 조금 더 올려도 될 것 같은데? 대신 조리 시간은 짧게."

"알았어, 형."

하지만 도진은 물러설 수 없었다.

재희의 쓰디쓴 평가가 이어질수록 도진은 오히려 칼을 갈 뿐이었다.

반드시, 기술을 완벽하게 마스터해 저 장난스러운 얼굴로 혹평을 내리는 재희의 얼굴을 당황으로 물들이고 싶다.

그 마음만이 더욱 강하게 들 뿐이었다.

좌아아-!

비가 쏟아지는 소리가 다시금 웍에 들려오기 시작한다.

재희는 그런 도진의 모습을 보다가, 입을 열었다.

"도진아, 오늘은 좀 쉬는 게 낫지 않겠어? 요 며칠 계속 연습하느라 잠도 부족하잖아."

걱정 어린 목소리였다.

도진이 재희의 기술을 익히기로 한 이후로, 도진이 가장 먼저 한 것은 잠을 자는 시간을 줄인 것이었다.

영업시간에는 손님을 제치고 연습을 할 수 없으니, 잠자는 시간을 줄이는 게 가장 합리적이라 생각했던 것이었다.

재희는 그런 도진의 모습을 가장 가까이서 보고 있었고.

아마 이대로라면 도진이 쓰러지진 않을까 하는 걱정에서 하는 말이 분명했다.

"괜찮아, 형. 조금만 더 하고 금방 올라갈게. 형이나 얼른 올라가서 쉬어."

그러나 도진의 고집은 재희의 생각 이상이었다.

도진은 고개를 설레설레 저어 보이고는, 이내 웍에 집중했다.

놀라운 집중력이었다.

독종이라는 수식언은 녀석에게 붙어 마땅한 것이라는 생각이 들 정도로.

재희는 고개를 절레절레 저으며 주방을 나서다 연습에 매진하는 도진을 힐끔 쳐다보고는 생각했다.

'단기간에 해낼 수 있는 건 아닌데, 그래도 연습하는 게 기특하기는 하네. 베르나르댕에서도 저런 모습이 인정받은 건가?'

한 가지에 무섭도록 파고드는 사람은 아무도 멈출 수 없는 법이다.

자신이 목표로 한 것을 달성하여 끝을 보기 전까지는 말이다.

다음 날 잠에서 일어난 재희는 아침 식사를 위해 거실로 나와 음식을 준비하려는데 식탁 위에 익숙한 포장 용기가 눈에 들어왔다.

갈색의 얇은 코팅이 입혀진 포장 용기.

그 겉면에는 밀 하우스라는 이름이 멋들어지게 적혀 있었다.

"도진이가 준비한 건가?"

그렇게 중얼거린 재희가 포장 용기를 집어 들었다.

도진이 자신에게 온 이후, 얼마나 같은 음식을 먹었는지 모르겠다.

하지만 꾸준히 성장하는 모습과 더 배우려는 그의 모습에 계속해서 음식을 먹긴 했으나.

자신 역시도 가끔은 음식이 물려 콜라를 홀짝이곤 했다.

음식을 연습하는 도진에겐 그것이 하나의 일상처럼 굳어졌을 거다.

계속해서 음식을 먹고, 또 그것을 기억하려 들었을 거다.

적어도 지금까지 본 도진이라면 그랬다.

그런데도 굴하지 않고 이렇게 음식을 준비했다면 뭐라도 있으리라 생각했다.

"응?"

포장 용기를 집어 든 재희는 포장 용기에 가려져 있던 바닥의 쪽지를 발견하곤 그것을 집어 들었다.

　-재희 형, 이거 어제 내가 마지막으로 만든 음식인데, 한번 맛보고 어떤지 평가 좀 해 줘.

도진이 쓴 필적이다.

그리고 그는 혹평만 내렸던 자신에게 다시금 도전장을 내밀고 있었다.

보통 이쯤 되면 지레 겁먹고 자신이 만든 음식을 숨길 법도 한데.

자신과 동거하고 있는 녀석은 겁이 없는 건지, 자신감이 넘치는 건지 모르겠다.

'재밌는 녀석.'

재희는 속으로 그렇게 생각하곤, 부엌에서 스푼을 들고 자리에 앉았다.

그러고는 조심스럽게 포장 용기를 연 재희는 당황할 수밖에 없었다.

'이 녀석…… 포장을 뭐 이리 정성스럽게 했어?'

도진이 만든 포장 음식.

그 음식은 아름답게 플레이팅까지 이루어져 있었다.

황금빛으로 빛나는 볶음밥 위에 다양한 야채와 콩 등을 이용해 만들어진 플레이팅.

'하지만, 이렇게 예쁘게 담는다고 맛이 좋아지는 건 아니지.'

플레이팅은 분명, 음식을 만드는 데 필요한 부분이지만, 그것이 맛을 결정짓는 중요한 요소는 아니다.

중요한 건 겉모습이 아니라, 음식이 품고 있는 맛이니까.

그리고 그 맛은 보통 요리사의 땀과 정성에 결정된다.

자신 역시 플레이팅을 신경 쓴 적이 없는 것은 아니었으나, 그것을 받아 든 손님의 반응은 평소와 크게 다르진 않았다.

어쩌면 그것은 밀 하우스라는 식당이 지니고 있는 포지션 때문일 수 있었다.

'가볍게 먹는 식당에서 플레이팅은 효율이 떨어지는 일일 텐데.'

자신의 식당에 방문하는 단골들을 생각하면 밀 하우스가 어떤 위치를 고수했는지 알 수 있는 부분이었다.

밀 하우스는 식당이긴 하지만, 파인다이닝처럼 격식을 차려야 하는 딱딱한 분위기의 식당은 아니다.

굳이 따지자면 비스트로나 그보다도 가벼운 느낌이 어울릴 것이다.

이런 곳에서 플레이팅을 하게 된다면 분명 먹는 손님에겐 기분 좋은 일이겠으나.

식당의 입장에서 보면 꼭 이득은 아니었다.

그도 그럴 게, 밀 하우스의 직원은 두 명.

한나와 재희가 밀 하우스의 모든 것을 책임지고 있다 해도 과언이 아니다.

그에 비해 밀려오는 손님의 양은 엄청나고.

당장 들어온 주문을 쳐 내기에도 급급한 상황 속에서 플레이팅은 시간을 잡아먹는 일인 셈이다.

그렇기에 자신이 그토록 노력해서 좋은 맛을 만들려 한 것이었는데…….

'이 정도면 크게 효율이 떨어지진 않을 것 같네.'

도진이 한 플레이팅은 단순했다.

단지 몇 가지의 식재료의 위치를 이동해 만든 게 전부였다.

이런 식의 플레이팅이라면 효율에도 큰 문제는 없을 터.

다만 문제는 아무리 플레이팅을 한들, 포장 용기는 결국 음식을 포장해 이동해 가기 위해 만들어진 것이다.

움직이면서 플레이팅이 떨어질 수밖에 없는 구조인데…….

이것을 어떻게 고정시키고 아름다움을 유지하고 있는지는 알 수 없었다.

'그사이에 나름대로의 기술까지 개발했다라. 확실히 재밌는 녀석이야.'

물론, 그 플레이팅이 음식의 맛에 영향을 주진 않겠으나.

확실히 보는 사람으로 하여금 먹음직스럽게 보이는 효과만은 확실했다.

동시에 여기서 생기는 의문도 있었다.

어제까지만 하더라도 아쉬움이 묻어나는 음식을 만들던 도진이다.

그런 도진이 플레이팅을 한 이유는 뭘까?

맛에서 부족한 것을 플레이팅으로 메꾸려 한 건가?

'먹어 보면 알겠지.'

재희는 도진이 그런 기초적인 것조차 모르는 얼간이는 아니라 생각했다.

그렇기에 재희는 그를 믿어 보기로 했다.

스푼으로 볶음밥을 푼 재희는 그것을 입으로 가져갔다.

한 입, 또 한 입.

마침내 그릇을 비워 낸 후.

'타이밍을 잡아내는 건 감각의 영역이라고 생각했는데, 이걸 노력으로 해내다니. 아니, 그냥 노력과 재능이 함께 이뤄 낸 건가?'

그렇게 생각한 재희가 힐끔, 도진이 잠들어 있는 방을 바라본다.

희미한 미소를 머금은 표정으로.

어쩌면 자신이 운영하는 밀 하우스에 새로운 인재가 들어왔다는 생각을 하면서.

해가 중천에 뜬 상황 속.

도진은 눈을 비비며 자리에서 일어났다.

"시간이……."

그리고 가장 먼저 시간을 체크했다.

다행히 평소보다 늦게 일어났음에도 출근 시간은 조금 남아 있는 상태였다.

그러곤 자연스럽게 자신에게 온 알람을 확인했다.

'음? 재희 형?'

그곳엔 발신인이 재희인 문자 하나가 와 있었다.

도진은 손가락을 움직여 그 문자를 클릭하고는, 문자를 읽어 내려갔다.

문자의 내용은 그리 길지 않았다.

–너무 잘 자서 안 깨우고 먼저 내려가. 일어나면 바로 내려와!

너무 늦게 일어나긴 한 걸까.

평소엔 재희랑 거의 비슷하게 일어났는데, 재희가 이렇게 말할 정도면 잘 자도 너무 잘 잔 모양이다.

도진은 머쓱한 얼굴로 머리를 긁적이고는, 비척비척 잠자리에서 일어났다.

그러곤 준비해서 나가려는데, 책상 위에 놓인 쪽지 하나가 눈에 들어왔다.

자신이 적은 쪽지일 수도 있겠으나, 어쩌면 쪽지를 쓴 주인공이 재희일 수도 있겠다는 생각이 스쳐 지나갔다.

사라진 포장 음식과 재희의 장난스러운 성격을 고려하면 가능성이 아주 없는 이야기가 분명하다.

도진은 이내 발걸음을 옮겨 테이블로 향하고는, 그 쪽지를 집어 들었다.

도진의 예상대로, 쪽지를 쓴 주인공은 재희였다.

-100점! 이제 포장도 완벽한걸. 혹시 나랑 평생 함께해 줄 생
각은 없어?

장난스러운 재희의 말투가 귓가에 들리는 듯한 쪽지. 게다가 쪽지 구석에 마치 프러포즈를 하는 듯 반지를 든 졸라맨 그림까지 그려져 있었다.

그것을 본 도진이 픽, 웃음을 터트렸다.

역시 장난스러운 재희답다는 생각과 함께, 재희가 자신의 음식을 먹고 어떤 표정을 지었을지 궁금하다는 표정을 지으면서.

도진이 발걸음을 옮겼다.

잠을 잘 자서인지, 아니면 재희에게 인정을 받았다는 사실

때문인지.

식당으로 향하는 도진의 발걸음은 그 어느 때보다 가벼웠다.

준비를 마친 도진이 가게로 내려갔을 때였다.

"……그랬다니까?"

"하하하!"

식당에는 이미 출근한 재희와 한나가 수다를 떨며 오픈을 준비하고 있었다.

그러길 잠시, 식당으로 내려온 도진을 발견한 재희가 도진을 반갑게 맞이했다.

"왔어? 오늘 완전 푹 자던데? 코까지 골고."

"헉! 진짜로?"

"아니, 구라야."

그렇게 말하며 익살스러운 웃음을 짓는 재희.

한나는 그 옆에서 뭐가 그리 웃기는지 깔깔대며 웃는다.

꼭 둘을 보면 얼간이라는 단어가 들어맞는 것 같다는 생각이 들곤 했으나.

도진은 그런 둘의 분위기를 싫어하진 않았다.

오히려 좋았다.

자신이 요리를 배우거나 파인다이닝을 운영하며 이렇게 마음이 편한 적이 얼마나 있었던가.

한나와 재희는 이곳에 온 지 얼마 안 된 도진에게 편안함을 주는 인물이었다.

그렇다고 저들이 능력이 부족한 인물도 아니었고.

당장 한나만 보더라도 홀에서 수많은 오더를 여유롭게 쳐 내고 있었고, 재희 역시 마찬가지.

수많은 오더가 밀려오는 와중에도 여유로운 표정으로 음식들을 하나씩 쳐 내고 있지 않던가.

어떻게 보면 각 분양의 일당백인 이들의 수다.

도진은 그런 그들의 분위기를 좋아하고 있었다.

화기애애한 분위기 속, 도진은 그들에게 미소를 한번 지어 주고는, 발걸음을 옮겨 주방으로 향했다.

앞치마를 두르고, 영업을 준비하려는데, 재희가 그에게 다가왔다.

"그나저나 난 도진이에게 그런 귀여운 면이 있을 줄은 몰랐네."

"응?"

"쪽지 말이야. 네가 독종이라는 것은 알고 있었지만, 그렇게 맛 평가를 부탁하는 사람은 네가 처음이었거든."

재희의 말에 도진이 머리를 긁적인다.

사실 쪽지를 놓은 이유는 그리 대단한 것이 아니었다.

도진이 요리를 마쳤을 때의 시간은 새벽 3시가 넘어가는 시간대였다.

당연히 재희는 자신의 방에서 곯아떨어진 상태였고.

그런 그를 깨워 음식을 맛보라고 할 수는 없는 노릇이었기에 그런 방법을 택한 것이었는데…….

재희에겐 그런 도진의 모습이 퍽 귀엽게 느껴졌던 모양이다.

"요리 끝났을 때는 재희 형이 코까지 골며 자고 있더라고."

"뭐? 내가 코를 골긴 언제 골았다고. 네 잠꼬대랑 헷갈린 거 아니야?"

그렇게 말하며 웃음을 터뜨린 재희가 도진의 어깨를 툭툭 두드린다.

말은 하지 않았으나, 고생했다는 무언의 의미가 담겨 있는 듯했다.

"이제 포장 요리도 어느 정도 감을 잡은 것 같던데?"

"아직이야. 완벽하게 마스터하려면 멀었지."

도진이 포장 음식에 대해 어느 정도 감을 잡은 것은 사실이지만, 아직 재희와 차이점이 있는 것은 분명했다.

당연한 거다.

재희는 지금까지 밀 하우스를 운영해 오며 쌓아 온 경험치가 있었고, 도진은 아니다.

천재세프
회귀하다

볶음밥만 주야장천 파 왔던 도진과는 다르게, 모든 메뉴의 포장 음식 버전을 만들 수 있는 재희와 비교한다면 그 격차가 더 도드라질 수밖에 없다.

"음식마다 처리하는 방식에 따라서 분명한 차이가 있고, 때로는 간을 조금 더하거나 면을 따로 주는 등에 차이점은 존재하지만, 이런 건 차차 알려 주면 될 거고."

재희는 도진의 머리를 헤집듯 쓰다듬었다.

지금껏 밀 하우스에서 같이 일을 해 보고 싶다는 이들은 존재했다.

그중에는 제법 요리 경력이 있는 이들도 존재했으나.

그들은 오랜 시간을 버티지 못하고 자리를 비웠다.

포장 음식에 대한 기술을 배우다가 질려 버린 것이다.

때문에 앞으로도 포장 음식 기술은 자신만이 알고 있으리라 생각했는데.

도진을 보면 꼭 그런 것만은 아닌 것 같았다.

재희가 말을 이었다.

"이미 핵심적인 포인트는 완벽하게 안 것 같으니 충분하지."

도진은 그 말에 뿌듯하다는 양, 미소를 지어 보였다.

재희의 입으로 나온 첫 유의미한 대답이었다.

그 전까지는 혹평만 받다가 칭찬을 받았으니, 그 기쁨은 제법 컸다.

"그런데 도대체 플레이팅할 생각은 어떻게 한 거야? 나도 몇 번 시도는 해 봤지만, 매번 움직이고 흔들리면서 말짱 도루묵이었는데."

재희가 신기하다는 듯 물었다.

처음엔 플레이팅에 큰 신경을 쓰진 않았다.

플레이팅이라 해 봐야 고작 식재료의 배치 아니던가.

게다가 정말 공을 들여서 플레이팅을 하면 2, 3분은 걸리는데, 식당에서 2, 3분이 얼마나 큰 시간이던가.

특히 밀 하우스와 같은 식당에서는 2, 3분은 20분, 30분과 비교될 정도로 길고 가치 있는 시간이었다.

때문에 밀 하우스에서는 플레이팅에 그리 공을 들이진 않았다.

하나, 오늘 아침 도진의 음식을 먹으며 재희의 생각은 조금 달라질 수밖에 없었다.

보는 게 좋아야 먹는 것도 좋다는 말처럼.

플레이팅이 추가되었을 뿐임에도 먹는 사람의 입장에선 괜히 고급스러운 음식을 먹는 기분을 주며 음식의 맛을 더했으니까.

도진은 그런 재희의 반응에 재밌다는 듯, 슬쩍 입을 열었다.

"그걸 쉽게 알려 주면 재미없지. 한번 맞혀 보는 게 어때?"

이 말은 처음 도진이 재희의 기술에 감탄하며 눈을 빛냈을 때 했던 말이다.

그리고 지금, 도진은 재희에게 들었던 말을 고스란히 돌려주고 있었다.

그것을 알아차린 재희가 소리 내어 웃음을 터뜨리며 말했다.

"이게 자업자득이라는 건가? 좋았어, 내가 그 비밀을 파헤쳐 주지!"

의기양양하게 답하는 재희.

어찌 보면 윈윈이다.

재희는 도진에게 포장 음식 기술에 대해 알려 주고, 도진은 그에게 플레이팅을 알려 주지 않던가.

그리고 이렇게 서로 알려 준다는 것은.

그들이 누군가에게 자신의 기술을 알려 준다는 상하관계가 아닌, 서로 동등한 관계가 되었다는 것을 의미하기도 했다.

밀 하우스의 저녁은 시끌벅적하다.

손님들은 맥주를 주문하고, 서로 모르는 이들과도 가끔 대화를 하기도 하는.

중세 시대의 타번(Tavern, 여관)의 모습을 보는 듯했다.

"3번 테이블. 주인장 마음대로 하나, 볶음밥 하나!"

한나가 손님으로 이루어진 테이블을 누비며 주방에 오더를 전달한다.

오늘부터는 다시 한나가 혼자 홀을 담당하게 되었다.

도진이 포장 기술에 대해 감을 잡기 시작하면서, 재희가 도진을 주방으로 불러들였기 때문.

덕분에 한나는 도진이 홀에 있었을 때는 쉬웠는데…… 하면서 아쉬워하면서도 알겠다고 수긍했다.

원래도 그녀 혼자서 홀을 담당했으니, 별 상관없다는 뉘앙스였다.

"도진, 너는 볶음밥이랑 플레이팅 맡아 줘. 나는 주인장 마음대로랑 포장 주문 쳐 낼게."

"응, 형."

재희가 정신없이 웍에 재료를 집어넣으며 제안하고.

도진은 알겠다면서 재료들을 다듬었다.

근 며칠 볶음밥을 줄곧 만들었고, 그 맛이 썩 나쁘지 않았는지 재희가 볶음밥을 도진에게 넘겼다.

그리고 플레이팅도.

도진이 구상한 플레이팅은 밀 하우스의 영업에 큰 영향을 주지 않으면서도 나름의 분위기를 주는 게 괜찮다며 넣으라고 한 것이다.

'최대한 빠르게.'

밀 하우스를 좋게 말하면 비스트로, 나쁘게 말하면 패스트 푸드다.

그만큼 이들의 요리는 순식간에 나왔고, 손님들의 회전율도 제법 빠른 편.

그런 상황 속에서 플레이팅에 신경을 많이 쓰게 된다면 다른 일이 밀리게 되는 것은 당연한 일.

그것을 알고 있는 도진은 최대한 빠르게 손을 움직여 재희가 만든 음식들의 플레이팅을 마무리해 나갔다.

"오, 오늘은 음식이 더 맛있어 보이는데?"

"그러니까 말이야. 여기 사장이 예술에 눈을 떴나? 하하하!"

손님의 반응들 역시 괜찮다.

오랜 시간이 걸리지 않은 플레이팅이라 다소 어설픈 감이 없진 않았으나.

그것은 어디까지나 파인다이닝을 운영했던 도진의 시선에서다.

이들은 지금까지 아무 플레이팅도 없는 밀 하우스의 음식을 좋아했던 만큼, 사소한 변화에도 즐거워하며 음식을 맛보았고.

"오? 음식이 예뻐서 그런 건지는 몰라도 오늘 좀 뭔가 다른데?"

"너도? 나도 그래."

손님들은 너 나 할 것 없이 플레이팅한 음식에 대해 긍정적인 평가를 해 나갔다.

셰프로서의 본성이 남아 있어서인지는 모르겠으나.

도진은 그 모습을 보며 묘한 뿌듯함을 느끼고 있었다.

"볶음밥 하나 포장 부탁하네."

그렇게 한창 주문을 받고 쳐 내는 반복적인 상황이 지속되고 있을 때였다.

저번에 아내의 출산을 앞두고 밀 하우스의 음식을 포장해 갔던 손님이 도진의 앞에 섰다.

"알겠습니다. 금방 준비해 드리겠습니다, 손님."

"고맙네."

이번에도 아내의 부탁으로 온 걸까.

아니면 자신이 직접 먹으려 주문한 걸까.

모르겠다. 하지만 기대되는 것은 있었다.

지금은 자신이 그가 먹을 음식을 준비하게 되었다는 것.

촤아아ㅡ.

도진이 웍을 흔들어 댄다.

그 손목의 스냅에 맞춰 재료들이 몸을 들썩이고.

적당히 재료들이 볶아졌다 생각됐을 즈음.

도진은 계란과 밥을 넣고 소스와 함께 들들 볶아 볶음밥을 마무리했다.

포장 음식용으로.

그것을 포장 용기에 담아 낸 도진은 고무줄로 한번 묶고는 비닐에 용기를 담아 손님에게 건넸다.

"여기, 주문하신 볶음밥 포장 나왔습니다."

"고맙네. 전에는 처음 와서 그런지 조금 굼뜬 것 같았는데, 이번에는 정말 빠르게 줬구만."

"하하. 모든 직원이 처음부터 완벽할 수는 없지 않습니까?"

"그거야 그렇네만. 너무 달라지니까 원래 직원인 줄 알고 착각했지 뭔가."

"하하. 감사합니다. 좋은 시간 되시길 바랍니다."

도진의 말에 손님이 손을 휘휘 저어 인사를 해 보이고는 발걸음을 옮겨 밀 하우스를 빠져나갔다.

밖으로 빠져나간 손님은 차에 몸을 싣고는, 이내 아내가 있는 병원을 향해 액셀을 밟았다.

부웅-.

자동차의 가벼운 엔진음과 함께 도로를 달리던 자동차가 어느 건물 앞에 멈춰 선다.

자신의 아내가 있는 병원이었다.

밀 하우스에서 포장한 음식을 가지고 위로 올라가던 손님은 어느 병실 앞에서 멈춰 섰다.

그러고는 조심히 문을 열고는 아내가 있는 병상으로 발걸음을 옮겼다.

"아, 자기 왔어?"

잠시 잠들어 있던 건지.

아내가 반쯤 잠긴 목소리로 남편에게 말을 걸었다.

"응. 많이 피곤했나 보네."

"뭐어. 하루 종일 병상에 있으려니까 할 수 있는 일이 많지 않아서. 그나저나 그거 가져왔어?"

"밀 하우스 말이지? 자, 여기."

냄새를 맡는 시늉을 하는 아내에게 남편이 자기가 포장해 온 음식을 꺼내 들었다.

아내는 만삭임에도 불구하고 굉장히 기뻐하는 표정으로 몸을 일으키려 했지만.

"좀 더 누워 있어. 내가 세팅해 줄게."

혹여라도 아기에게 무리가 될까 남편은 그런 아내 대신 테이블을 올리고, 음식과 수저를 세팅해 주었다.

그리고 포장 용기의 뚜껑을 여는데.

"여보, 이거 밀 하우스 맞아?"

아내가 믿을 수 없다는 양 남편에게 질문을 던졌다.

밀 하우스의 볶음밥은 그녀도 처음 먹는 것이 아니었다.

아니, 오히려 과하다 싶을 정도로 많이 먹어 봤다고 하는 게 맞을 거다.

때문에 밀 하우스가 어떤 식으로 음식을 만드는지, 어떤 비주얼을 가지고 있는지 모를 리 없었다.

그런데 자신의 앞에 있는 볶음밥은 자신이 원래 먹던 밀하우스의 음식과는 다르게, 정갈하고 예쁘게 놓여 있었다.

"응. 오늘 내가 가서 먹고 포장해 온 거야."

"믿을 수 없어! 내가 알고 있는 밀 하우스는 투박한 느낌으로 내주는 곳이었다고. 설마 사장이 바뀌었나?"

아내는 믿을 수 없다는 표정이었다.

오랫동안 먹을 만큼, 자신이 가장 좋아하는 맛집이 밀 하우스였다.

그렇기에 이렇게 다른 모습은 그녀에겐 퍽 낯설게 느껴질 뿐이었다.

"아냐아냐. 그런 것은 아니고, 이번에 새로운 직원이 들어왔는데, 그 직원이 신경 써 준 것 같아. 다른 테이블도 그렇더라고."

"그래? 맛에는 이상 없겠지?"

"에이. 재희가 만들어 주는 음식인데. 설마 문제가 있겠어?"

그렇게 말한 남편은 스푼으로 음식을 떠, 아내의 입에 집어넣어 줬다.

아내는 미심쩍은 표정을 짓다가도, 음식을 입에 넣고 우물거리더니.

"맛있다!"

이내 환호성을 터트렸다.

입에 익숙한 맛이 입안을 돌아다닌다.

하지만 평소와는 조금 다른 면이 있다면 플레이팅인데…….

그 플레이팅 덕인지는 몰라도 평소보다 더 맛있는 느낌이
났다.

"그렇지?"

"응. 나중에 아이가 태어나면 재희에게 고맙다고 말해야
겠어. 우릴 신경 써 줘서 고맙다고."

"그래그래."

남편이 고개를 끄덕이며 답한다.

그 역시 아내의 말에 공감하는 바였다.

밀 하우스. 단순히 패스트푸드점이라 생각했던 곳인데.

이렇게 신경 써 준 것을 보면 단순한 패스트푸드 식당이라
하기에는 무리가 있는 곳 같다는 생각이 머리를 감돌았다.

그렇게 아내가 식사를 마치고 음식을 치울 때였다.

"여보!"

"어, 왜?"

"아이가 발로 차기 시작했어!"

"정말?"

"응. 어서 귀 대 봐."

허겁지겁 손에 들고 있던 것을 내려놓은 남편이 아내의 배
에 귀를 가져다 대었다.

쿵쿵쿵.

그리고 밀 하우스와 함께, 새로운 생명이 태동하기 시작했다.

불운한 손님 (1)

도진이 포장 음식 기술을 재희에게 인정받은 다음 날.

재희는 도진이 가진 플레이팅 기술에 눈독을 들이는 듯했지만, 그것을 드러내진 않았다.

그저, 시간이 날 때마다 안 보이는 곳에서 플레이팅을 연습하는 게 그의 일과였다.

"어서 오세요! 뭐 드릴까요?"

손님을 발견한 한나가 손님을 향해 발걸음을 옮긴다.

홀에는 한 손님이 자리를 지키고 있는 중이었다.

"볶음밥 하나 주세요."

"네, 알겠습니다. 금방 가져다드릴게요."

무미건조한 손님의 말에 한나가 미소로 대답하곤 주방으

로 돌아온다.

"볶음밥 하나."

"오케이."

주문을 받은 재희가 화구로 발걸음을 옮긴다.

분주히 움직이고 있는 가운데, 도진은 자리를 잡고 앉아 있는 손님을 바라보았다.

손님의 표정은 빈말로도 좋다고 할 수 없는 상황이었다.

짙게 깔린 다크서클, 암울한 표정, 땅을 바라보는 시선까지.

밀 하우스의 귀퉁이에 앉아 암울한 기운을 풀풀 풍기는 그는 마치 세상을 다 잃은 듯했다.

'무슨 일 있나?'

그런 그를 보는 도진이 고개를 갸웃거렸다.

밀 하우스의 모든 손님이 항상 좋은 표정을 짓고 있던 것은 아니다.

당연하게도 인생에 어찌 좋은 날만 있을 수 있겠는가.

살다 보면 안 좋은 일도 어쩔 수 없이 찾아오기 마련이다.

하지만 손님은 며칠 동안 꾸준히 밀 하우스를 방문하면서도 항상 똑같은 표정을 짓고 있었다.

이에 이상함을 느낀 도진은 한나를 불렀다.

"한나."

"어, 도진아. 왜?"

"혹시 저 손님 알아?"

도진이 손님을 가리키며 물었다.

한나는 곁눈질로 손님이 있는 곳을 바라보고는 고개를 끄덕였다.

"응. 우리 식당에 자주 오는 단골인데, 왜?"

"매일 오는 것 같은데, 표정이 너무 안 좋아 보여서. 혹시 무슨 일 있는지 알아?"

"글쎄…… 그것까지는 모르겠는데?"

한나는 손님의 얼굴은 알고 있어도 손님이 무슨 사연을 가지고 있는지는 전혀 모르는 듯했다.

하기야, 좋은 일은 알리고 싶은 마음이 크겠지만 안 좋은 일을 떠벌리고 싶은 마음을 가진 이가 얼마나 되겠느냐마는.

잠시 손님을 바라보던 도진이 입을 열었다.

"저 손님. 내가 서빙해도 될까?"

"응? 뭐 상관은 없는데. 신경 쓰여?"

"조금은. 매일 보는 얼굴인데 항상 표정이 좋진 않잖아."

식당이라는 공간은 많은 감정들이 교차하는 곳이다.

즐거운 일이 생길 때 친구나 연인, 가족과 함께 찾는 곳이며 슬프거나 화날 때 식당에서 친구들과 술을 마시며 그 감정을 삭이지 않던가.

그런데 남자는 항상 혼자 밀 하우스를 방문해 같은 표정을 짓고 있었다.

남자가 가지고 있는 슬픔의 크기가 얼마나 될지는 모르겠
으나.

적어도 그 감정은 쉬이 사그라지지 않을 것이라는 것은 확
실했다.

"도진, 여기 3번 테이블 볶음밥."

"네, 형."

음식이 나왔다는 재희의 말에 도진이 고개를 한번 끄덕이
고는, 음식을 든 채 손님을 향해 발걸음을 옮겼다.

가까이서 본 남자의 표정은 멀리서 볼 때보다 더욱 가관이
었다.

단지 주위에 다가갔을 뿐인데, 자신마저 우중충해지는 기
분.

도진은 그의 앞에 접시를 내려놓으며 입을 열었다.

"여기, 주문하신 볶음밥 나왔습니다."

"아, 네."

한나에게 주문을 할 때와 같이 무미건조한 목소리.

도진은 그런 그에게 챙겨 온 맥주를 내려놓았다.

그러자 손님이 고개를 갸웃이며 물었다.

"저는 맥주를 주문한 적이 없는데요."

"서비스입니다, 손님."

도진이 미소를 지으며 대답한다.

남자는 잠시 맥주를 바라보다 입을 열었다.

"감사합니다."

"아니에요. 그나저나 무슨 일 있으세요?"

남자가 고개를 들어 도진의 얼굴을 바라본다.

그러고는 잠시 머뭇거리는가 싶더니, 숨을 길게 내뱉고는 입을 열었다.

"그냥, 요즘 너무 힘들어서 그렇습니다."

"일 때문에요?"

"아뇨, 일은 아니고……."

남자가 슬쩍 고개를 돌려 창문 밖을 바라본다.

거리에는 사람들이 돌아다니고 있었다.

직장에서 퇴근하고 가족들의 손을 잡으며 도란도란 대화를 나누는 사람들의 모습.

남자는 한참 그 모습을 지켜보다, 입을 열었다.

"혹시 결혼하셨습니까?"

"아니요. 아직 솔로입니다."

"어쩐지. 그럴 것 같았습니다."

남자가 작게 웃으며 입을 열었다.

그런 남자의 웃음은 어딘가 슬퍼 보였다.

"저는 결혼을 조금 일찍 했습니다. 직장이 설립된 지 얼마 안 된 곳이라 저는 분주하게 발로 뛰었고, 덕분에 회사는 나날이 성장했죠."

도진은 자연스럽게 그의 옆에 자리를 잡고 앉았다.

밀 하우스는 영업 마감이 머지않은 상황인지라, 손님이 많지 않았다.

한나와 재희 형 사이에서 전부 해결 가능한 수준.

"하지만 저는 일에 눈이 멀어 중요한 것을 놓치고 있었습니다."

"뭔가요?"

"가족입니다."

김이 조금씩 사라지는 볶음밥을 바라보며 남자가 슬픈 표정을 지었다.

그런 그의 옆에는 그의 것으로 보이는 지갑이 놓여 있었고, 방금까지 보고 있었는지 사진 한 장이 겹쳐져 있었다.

"일이 바쁘다는 이유로 저는 가족들을 볼 시간을 만들지 않았습니다. 어차피 딸아이야 아내가 잘 돌봐 주고 있었고, 저는 그 생활을 당연하게 생각했습니다."

손님이 길게 숨을 내뱉는다.

마치 터져 나오려는 감정을 참아 내듯이.

도진은 고개를 끄덕이며 그의 말에 귀를 기울였다.

"그러던 어느 날입니다. 병원에서 연락이 오더군요. 제 아내가 교통사고에 당했다면서요."

"아……."

"저는 급히 출장을 멈추고 아내에게 향했지만, 아내는 이미 사망 선고를 받은 후였습니다. 딸은 혼자 장례를 치르고 있었고. 제가 마지막으로 본 것은 관에 담긴 아내가 차가운 땅에 묻히는 것뿐이었습니다."

남자가 정말 견디기 힘들다는 듯, 맥주를 들이켠다.

도진은 아내의 죽음이 그의 잘못이라는 생각이 들지 않았다.

남자는 그저 가족을 위해 자신의 최선을 다했을 뿐이다.

아내의 사고는 그저 불운한 천재지변이었을 뿐이고.

하지만 남자는 이 모든 상황을 자신의 탓이라 자책하는 듯 보였다.

"딸아이가 그러더군요. 비겁한 겁쟁이. 가족을 두고도 자신의 일이나 챙기는 얼간이라고요."

"……."

"저는 그 말에 반박할 수 없었습니다. 어떻게 반박할 수 있겠습니까? 제가 만약 일보다 가족과의 시간을 더 중요시했다면, 아내의 생활이 어땠는지 조금이라도 관심을 가졌더라면 아내의 사고를 어떻게든 처리하고 하다못해 수술실에서 자리를 지켜 줄 수도 있었을 텐데."

남자가 비어 버린 맥주잔을 바라본다.

빈 맥주잔 안에는 공허한 공간과 함께 맥주가 남아 있던 흔적을 남기듯 하얀 거품만이 자리할 뿐이다.

"딸아이는 저를 원망하고는, 독립하겠다면서 집을 나가더군요. 저는 그 아이를 잡지 못했습니다. 그리고 처음에는 몰랐지만, 시간이 지나니 점차 선명해지더군요. 가족이라는 존재가 주는 일상이라 느꼈던 편안함을, 제가 부서뜨렸다는 것을."

그렇게 말한 남자가 눈물을 흘린다.

남자는 스스로를 자책하고 있었다.

자신이 조금만 더 신경 썼더라면.

서로 떨어지는 일은 없을 텐데.

하면서 말이다.

"그렇게 딸과 헤어지고, 아내와 딸의 추억이 깃든 밀 하우스를 방문하고 있는 겁니다."

"그러시군요."

"네. 하지만 가끔은 아내가 해 준 음식이 그립긴 하지만, 이젠 그것을 먹을 수는 없으니 추억이라도 느껴 보고자 오는 거죠."

남자가 지갑을 매만진다.

사진이 담겨 있는 지갑.

도진은 그런 남자를 잠시 바라보다가 입을 열었다.

"혹시 내일도 이곳에서 식사하시나요?"

"네?"

남자가 당황스러운 듯 도진을 바라본다.

도진은 그런 남자를 향해 미소 지을 뿐이었다.

"아마도요. 그런데 그건 왜요?"

"그렇다면 저녁 영업이 끝나고 와 주실 수 있으신가요? 제가 손님께 드리고 싶은 게 있어서요."

"드리고 싶은 거요? 저녁에 오는 것은 가능하긴 한데……."

남자가 도진을 바라본다.

의중을 알 수 없는 도진의 모습을 보며, 남자는 우물쭈물하다 입을 열었다.

"알겠습니다."

뭐가 어떻게 된 것인지는 모르겠으나.

남자는 자신의 앞에 있는 도진을.

아니, 밀 하우스를 믿어 보기로 했다.

저들이 남자에게 헛된 소리나 희망을 불어넣지 않으리라는 것을.

한편 도진의 복귀가 늦어지자, 재희가 홀을 바라보았다.

그러고는 손님과 대화하는 것을 잠시 바라보며 고개를 갸우뚱거렸다.

'무슨 일이지?'

도진이 홀의 손님들과 제법 친해졌다는 것을 알고 있었다.

하지만 그뿐이다. 농담을 주고받을지언정 이렇게 오래 대화를 하는 것은 이번이 처음.

남자와 대화를 마친 도진이 주방으로 복귀했을 때였다.

"무슨 일이야?"

"아, 재희 형 그게……."

도진이 남자에게 들은 사연을 재희에게 알려 주었다.

남자의 사연을 들은 재희는 음, 하면서 고개를 끄덕일 뿐이었다.

사실 남의 사연이 어떻든 그들이 알 이유는 없지 않은가.

냉정하게 말해 그것이 도움이 되는 일도 아니고.

그래도 도진은 남자를 도와주고 싶다는 생각이 일렁이고 있었다.

"그러니까…… 가족 문제 때문에 죽상이라는 거지?"

"응, 맞아."

사연을 모두 들은 재희가 자신의 턱을 쓰다듬는다.

남자에 대해 궁금한 것은 도진뿐만은 아니었다.

셰프로 일하면서 매일 똑같은 표정으로 들어와 세상을 잃은 듯한 손님을 대하는데 어찌 눈길이 가지 않겠는가.

다만 그저 지켜만 보고 있었을 뿐이다.

그런데 이번에 도진이 대신 그것을 물어보았고, 사연을 알려 준 것이었다.

그렇게 들은 사연은 썩 유쾌한 이야기는 아니었다.

왜 지금까지 그가 어두운 표정으로 밀 하우스를 찾았는지 이해가 되는, 그런 사연이었다.

"안타까운 사연이긴 한데……. 그래서? 우리가 할 수 있는 건 없잖아."

"그래서 생각해 봤는데, 내일 저녁 영업 끝나고 주방 좀 쓸 수 있을까?"

"주방을?"

재희가 당황스럽다는 양 도진을 바라본다.

주방을 빌려주는 것이야 어려운 일은 아니다.

기껏해야 화구나 조금 다루고 하는 게 전부인데 어려울 리가.

실제로 도진이 재희의 기술을 배우려 할 때도 제법 오랫동안 주방에 남아 있지 않았던가.

다만 궁금할 뿐이다.

도진이 왜 주방을 빌리려 하는지.

"응. 저 손님을 위한 특별한 시간을 만들어 볼까 싶어서."

"특별한 시간?"

"응, 형. 그러니까……."

도진은 자신의 머릿속에 있는 계획을 재희에게 설명해 주었다.

내일 영업이 끝난 밀 하우스의 주방을 어떤 식으로 이용할지에 대해서.

재희는 처음엔 의아하다는 표정이었다가, 이내 재밌을 것 같다는 생각이 들었는지 흥미롭다는 표정을 지었다.

"그거 재밌겠는데?"

"그렇지?"

"응. 그럼 내일 혼자 서게?"

사실상 주방을 빌려주겠다는 이야기다.

이미 결정을 하고 재희에게 알려 주는 상황이라 미안한 마음이 들었는데, 재희는 그런 것을 그다지 신경 쓰는 눈치는 아니었다.

주방을 빌려야 하는 도진의 입장에선 그저 감사할 따름이었다.

"아마도. 재료도 따로 미리 준비해서 가져올 생각이야."

"으음……."

도진은 남자를 혼자 상대할 생각이었다.

자신이 벌인 일이기도 하고.

남자의 사연을 들어 주는데 다른 사람들이 크게 필요할 것 같지는 않았으니까.

그러나 재희의 생각은 조금 다른 듯했다.

"나도 같이하자."

"응?"

재희의 말에 도진이 당황한 표정을 지었다.

원래 자신이 생각한 것과는 다른 방향으로 흘러가고 있었으니까.

재희는 씩 미소를 지으며 입을 열었다.

"이거 왜 이래? 나 밀 하우스의 셰프야. 상대는 밀 하우스의 손님이고. 그런데 밀 하우스 손님을 셰프가 상대하지 않는다는 게 말이 돼?"

말과는 다소 다르게, 그의 얼굴에는 호기심과 장난기 어린 표정이 떠올라 있다.

아마도 그가 끼려는 이유는 다름이 아니라 도진이 기획한 이벤트가 재밌게 느껴졌기 때문이겠지.

'뭐, 한 명쯤 느는 것은 상관없겠지.'

그렇게 생각한 도진이 고개를 끄덕였다.

생각지도 못하게 이벤트 진행자가 는 셈이었으나.

오히려 좋았다.

재희라면 등을 맡길 수 있는 파트너였으니까.

그렇게 생각하며 도진은 머릿속으로 내일 있을 이벤트를 떠올렸다.

동시에, 이벤트가 끝나고 짓게 될 남자의 표정도.

다음 권으로 이어집니다

사령왕 카르나크

임경배 판타지 장편소설

『권왕전생』『이계 검왕 생존기』의 작가 임경배 신작!
죽음의 지배자, 사령왕 카르나크의 회귀 개과천선(?)기!

세계를 발밑에 둔 지 어언 100년
욕망도 감각도 없이 무심히 흘러가는 세월 속에서
결국 최후의 수단으로 회귀를 결심한 사령왕 카르나크!

충성스러운 심복, 데스 나이트 바로스와 함께
막 사령술에 입문한 때로 회귀하는 데 성공!
한 맺힌 먹방을 만끽하는 것도 잠시
뭔가 세상이…… 내가 알던 것과 좀 다르다?

세계의 절대 악은 아직 아무 짓도 하지 않았는데
멸망을 향해 미친 듯이 달려가는 이 세상
저 악의 축들을 저지해야 한다,
인간답게(!) 잘 먹고 잘 살기 위해서는!

송장벌레 신무협 장편소설

귀신같은 창귀槍鬼가 돌아왔다,
때 묻지 않은 어린 시절의 몸으로!

피로 몸을 씻던 전장의 말단 독종
구르고 굴러 지고의 경지까지 올랐으나……

혈교의 혈겁을 막기 위한 회귀인가
의형제의 복수를 위한 회귀인가
알 수 없다
전생에서 그를 막던 모든 것을 치울 뿐

"내 의형의 가슴팍을 칼로 도려내기도 했고?"
"무, 무슨 소리야…… 그런 적 없어!"
"그런 적 있어. 기억은 안 나겠지만."

매 걸음마다 피도 눈물도 없는 전투
세상 모든 것이 그를 꺾으려 든다!